「おっと……誰かと思えばシグニスの旦那かい……」
今のリオネにとって、シグニスの書類に書かれた情報は、数少ない朗報と言えるだろう。
ウォルテニア戦記

何しろ、この大地世界《リアース》で
人を乗せた熱気球を
飛ばそうというのだ。
気球は天に向かってぐんぐんと上昇を始める。

老人の名はアレクシス・デュラン。
大半の人間はこの老人の前で
膝を屈する事に成る。
それはミスト王国の宰相、
オーウェン・シュピーゲルで
あったとしても変わらない。

RECORD OF WORTENIA WAR

ウォルテニア戦記

XXVI

Ryota Hori
保利亮太

口絵・本文イラスト　bob

CONTENTS

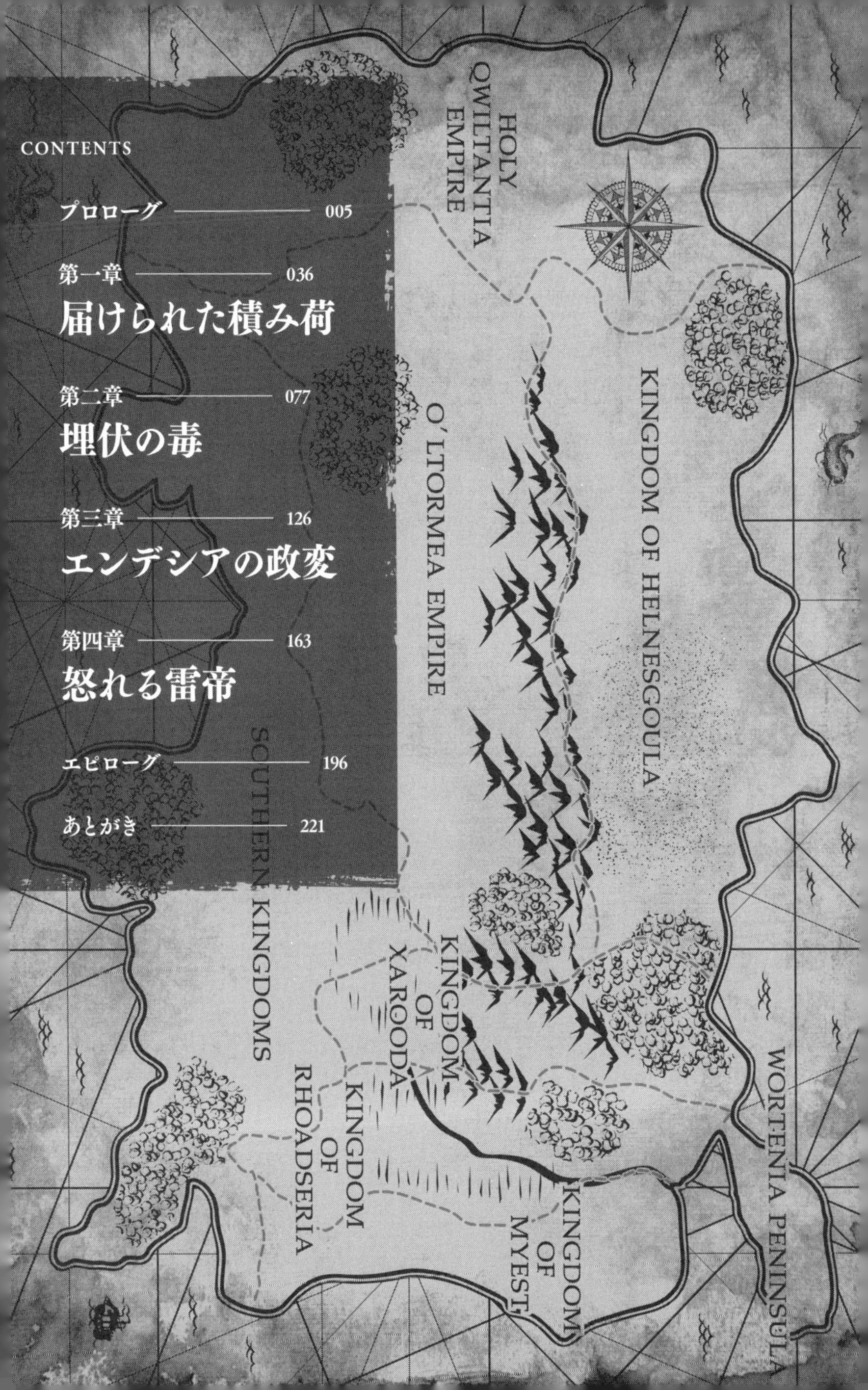

HOLY QWILTANTIA EMPIRE
KINGDOM OF HELNESGOULA
O´LTORMEA EMPIRE
SOUTHERN KINGDOMS
KINGDOM OF XAROODA
KINGDOM OF RHOADSERIA
KINGDOM OF MYEST
WORTENIA PENINSULA

WORLD MAP of 《RECORD OF WORTENIA WAR》

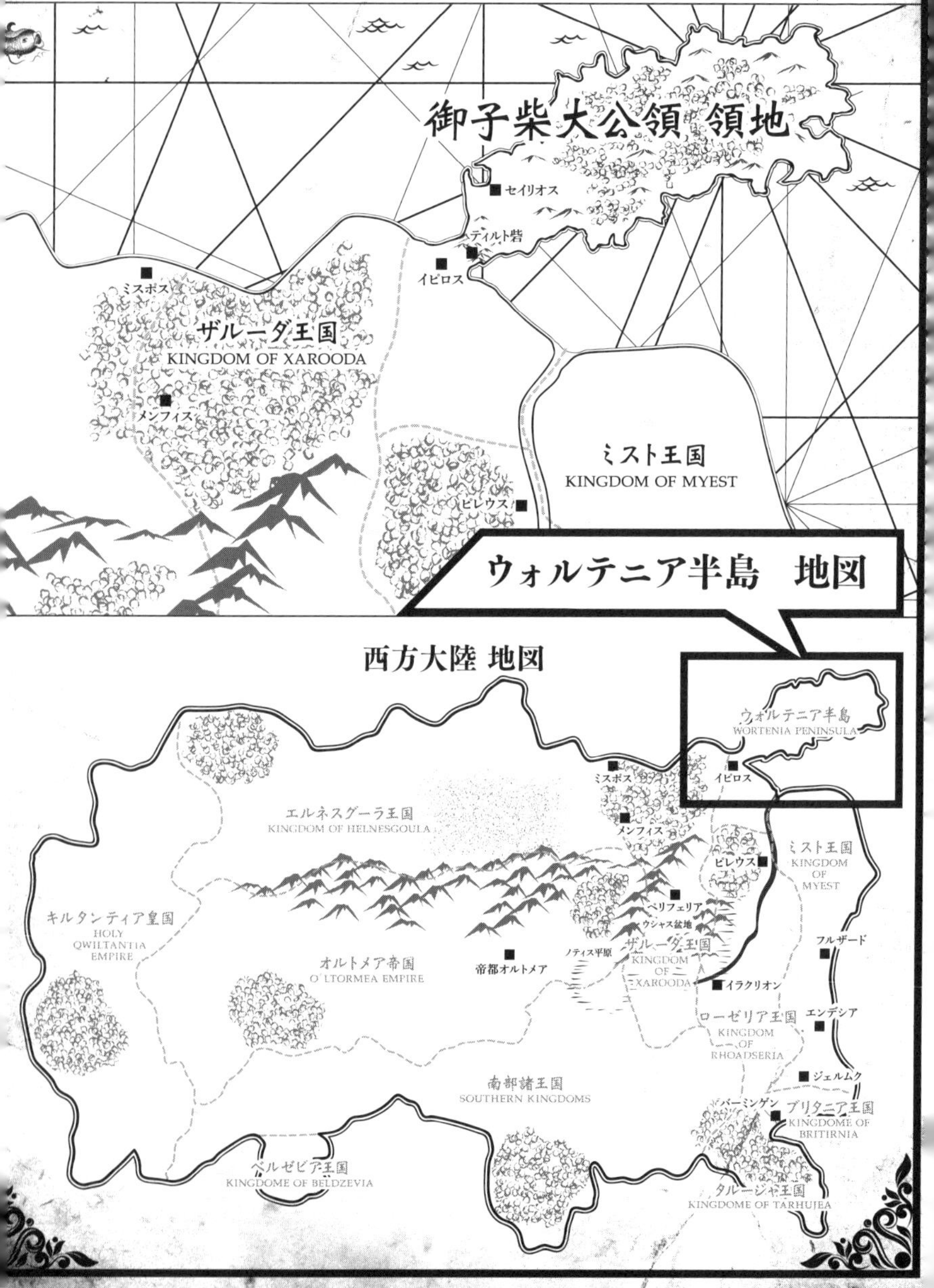

御子柴大公領 領地
セイリオス
ティルト砦
イピロス
ミスポス
ザルーダ王国
KINGDOM OF XAROODA
メンフィス
ミスト王国
KINGDOM OF MYEST
ピレウス
ウォルテニア半島　地図
西方大陸 地図
ウォルテニア半島
WORTENIA PENINSULA
ミスポス
イピロス
エルネスグーラ王国
KINGDOM OF HELNESGOULA
メンフィス
ミスト王国
KINGDOM OF MYEST
ピレウス
ペリフェリア
ウシャス盆地
キルタンティア皇国
HOLY QWILTANTIA EMPIRE
オルトメア帝国
O'LTORMEA EMPIRE
帝都オルトメア
ノティス平原
ザルーダ王国
KINGDOM OF XAROODA
フルザード
イラクリオン
ローゼリア王国
KINGDOM OF RHOADSERIA
エンデシア
ジェルムク
南部諸王国
SOUTHERN KINGDOMS
バーミンゲン
ブリタニア王国
KINGDOME OF BRITIRNIA
ベルゼビア王国
KINGDOME OF BELDZEVIA
タルージャ王国
KINGDOME OF TARHUJEA

プロローグ

太陽の光を遮《さえぎ》る分厚い雲が空を覆《おお》う。

それはまさに曇天《どんてん》という言葉がぴったりな日だ。

そろそろ正午に差し掛《か》かろうという時分にも拘《かか》わらず周囲は薄暗《うすぐら》い。

しかも、時折り遥《はる》か遠くの空を横切る稲光《いなびかり》はまるで、龍《りゅう》の咆哮《ほうこう》にも似た音を大地に轟《とどろ》かせている。

それはまるで、不吉《ふきつ》な予感を見る者に感じさせる空模様。

そんな中、王都ペリフェリアの王城に与《あた》えられた一室の窓からで、一人の女が東の空を見つめていた。

女の名はリオネ。

元は歴戦の傭兵《ようへい》であり、今は御子柴《みこしば》大公家に仕える騎士《きし》だ。

とは言え、戦を生業にする人間にしては、背丈《せたけ》はそれほど大柄《おおがら》ではない。

百七十センチを少し超《こ》えた辺りだろうか。

大地世界《アース》の女性として見れば比《ひ》較的大柄《かくてきおおがら》と言えるだろうが、戦士と言う観点で見れば平均かやや小柄《こがら》な体格と言えるだろう。

しかし、その肉体には、恐《おそ》るべき性能が秘《ひ》められている。

それはまさに、猫《ねこ》科の動物が持つ俊敏《しゅんびん》さと、荒々《あらあら》しさを併《あわ》せ持った筋肉。

歴戦の戦士に相応《ふさわ》しい均整の取れた筋肉質な体は、まさに機能美の結晶《けっしょう》と言っていいだろう。

多少でも、戦いに身を置く人間がその体を見れば、その肉体に秘められた性能の高さは一目瞭然《いちもくりょうぜん》なのだから。

それに加えて、リオネの整った顔立ちと、燃える様な赤い髪《かみ》が、周囲の視線を強く引き付ける。

豊かとは言い難《がた》い胸が多少残念な部分であると言えなくもないが、リオネが持つ美しさを完全に否定する事が出来る人間は極《きわ》めて少ないだろう。

好みの差はあるだろうが、美醜《びしゅう》には万人《ばんにん》に共通する一定の基準が存在するのだから。

しかし今、そんなリオネの美しくも凛々《りり》しい顔に浮《う》かぶのは迷いと憂《うれ》いの色だ。

(まったく……嫌《いや》な雲行きだよ……こっちまで気が滅入《めい》ってきちまう)

そしてリオネは、その燃《も》え盛《さか》る炎《ほのお》の様な紅《あか》い髪を苛立《いらだ》たし気《げ》に掻《か》き回す。

それは、【紅獅子《べにじし》】とまで謳《うた》われる歴戦の傭兵にして、御子柴大公家の武を担《にな》う一翼《いちよく》と目されている女傑《じょけつ》にしては実に珍《めずら》しい態度だろう。

普段《ふだん》は陽気で気さくな姉御肌《あねごはだ》なリオネだが、その一方で指揮官としては極めて冷静であり冷《れい》徹《てつ》な一面をもっている。

何しろ、【紅獅子】のリオネと言えば、女だてらにとやっかみの混じった陰口《かげぐち》を叩《たた》かれる事も多いが、長年傭兵団の団長を務め上げてきた歴戦の戦士であり、その卓越《たくえつ》した指揮能力から、仕官を求められた事もある程《ほど》の逸材《いつざい》でもある。

　リオネ自身が性格的に宮仕えに向かないという自分自身の性格を理解しているという事も有り、御子柴亮真《りょうま》との出会いを果たすまで気楽な傭兵稼業《ようへいかぎょう》を続けて来た訳だが、その数多《あまた》の戦歴に裏打ちされた確かな力量によって、西方大陸の傭兵達《たち》の間では尊敬と畏怖《いふ》の念を向けられる様な存在なのだ。

　そんな手練《てだ》れの傭兵であるリオネが、幾《いく》ら周囲の目が無い状況《じょうきょう》であるとはいえ、これほど感情を露《あらわ》にするというのは珍しいと言えるだろう。

　とは言え、リオネの表情が曇《くも》るのも、ある意味致《いた》し方《かた》ない事と言えるのだ。

　先ほど齎《もたら》された伊賀崎《いがさき》衆の報告を聞けば、大抵《たいてい》の人間は心が折れて茫然《ぼうぜん》自失となってしまっても何の不思議もないのだから。

　それは、オルトメア帝国《ていこく》の強大さを再認識《さいにんしき》させられたが故か、或《ある》いは、このザルーダ王国という国へ抱《いだ》いていた淡《あわ》い期待を裏切られたという想《おも》いからだろうか。

　リオネの心に、虚《むな》しさとも儚《はかな》さともつかない何かが過った。

（勿論《もちろん》、状況だから、こっちもある程度は覚悟《かくご》していたけれど……尚武《しょうぶ》の国として名高いこの国の内情が、まさかこんな有様とはねぇ）

　ザルーダ王国。

　それは、西方大陸の東部に位置する三つの王国の中で最も西を領土とする、峻険《しゅんけん》な山々の盆《ぼん》地《ち》で発展してきた国の名だ。

（そして、西方大陸制覇《せいは》を目論《もくろ》むオルトメア帝国の魔手《ましゅ》から、大陸東部を守る防波堤《ぼうはてい》の役目を担ってきた国の名前でもある……）

それは、西方大陸東部に生きる人間であれば、誰《だれ》もが知っている事実だろう。

また、ザルーダ王国軍を構成する騎士や兵士達《たち》の精強さは折り紙付きであり、その評価は西方大陸の傭兵の間では常識になっている。

しかし、その堅牢《けんろう》な筈《はず》の防波堤の内部に、目に見えない亀裂《きれつ》が走っている事をリオネは知ってしまった。

それは、遠征軍《えんせいぐん》の出発前に御子柴亮真から告げられた想定と大きく異なっている。

（まぁ、戦だからねぇ。想定外の状況なんてのは、有って当然と言えば当然なんだけれどもねぇ……はてさて……）

どれほど事前に準備をし、様々な状況を想定しても、現実は往々にしてその想定を飛び越えてくる。

逆に、そういった想定外の場面に出くわした際の対応能力が、将としての器量と言っていいだろう。

ただそうは言っても、物事には限度がある。

（歴史ある国が、まさか……いや、長い歴史を持つからこそ……か）

ザルーダ王国という国の歴史は、西方大陸全体を見回しても極めて長い。

実際、西方大陸に割拠《かっきょ》する二十を超《こ》える国々の中でも三本の指に入る程の長き歴史だ。

それは極めて稀有《けう》な事と言えるだろう。

何しろ、絶え間ない戦乱の中で国の興廃《こうはい》が著《いちじる》しい西方大陸に於《お》いて、五百年近くにも及《およ》ぶ長き悠久《ゆうきゅう》の時を刻んで来たのだから。

大陸北部に位置し、千年近い歴史を持つエルネスグーラ王国は別格としても、西方大陸に存在する国の中でザルーダ王国に比肩《ひけん》するのは、東の隣国《りんごく》であるローゼリア王国くらいのものだろうか。

ただ、歴史が長い事と、国の力は必ずしも比例する訳ではないらしい。

(勿論、歴史が長い国というのは、それだけ多くの優《すぐ》れた利点を持っているんだろうけれども……ねえ)

だが、それと同じくらい欠点も内在しているものなのだ。

実際、ザルーダ王国という国が、その長い歴史に相応しいだけの国力を持っているかというと、大いに疑問符《ぎもんふ》が付くのは否《いな》めない。

何しろ、西方大陸で覇権《はけん》を争う三大強国のうち、キルタンティア皇国は光神教団が成立されてから建国しているので、未《いま》だに三百年ほどの歴史しかないし、オルトメア帝国などはつい数十年前に、現在の皇帝《こうてい》であるライオネル・アイゼンハイトが一代で興《おこ》した国でしかないのだから。

それはつまり、歴史ある国が必ずしも強国となれる訳ではないという事を示唆《しさ》している。

（決して、ザルーダ王国が弱小国と言う訳ではないのだけれどもね……まぁ、比べる相手が少しばかり悪すぎる……か）

勿論、西方大陸の覇権を求めて鎬《しのぎ》を削《けず》るオルトメア帝国を始めとした三大強国と呼ばれる国々と比べれば、ザルーダ王国の領土は決して広くはない。

しかし、それでもザルーダ王国は大陸東部の三分の一を保有しているのだ。

比較《ひかく》対象が西方大陸の各地方を独占《どくせん》している三大強国と比べるから小さく見えるだけの事であり、十数カ国が乱立する南部の国々に比べれば、その領土の広さは広大と言っていいだろう。

また、大地世界全体から考えても、ザルーダ王国という国は十分に強国に分類される。

ただ問題なのは、ザルーダ王国以上の国土と国力を誇《ほこ》る国が、同じ西方大陸に存在しており、しかもそれが敵国であるという点だ。

（それに、その国土に比例するだけの国力をこの国が持っているかと問われると、多少贔屓目《ひいきめ》に見ても微妙《びみょう》なところだろうしねぇ）

ザルーダ王国は山間部に位置する国である為《ため》、その国土の多くが森と山で占《し》められている。

問題は、その山岳《さんがく》国家という特性上、領内に平野部が少ないという点。

勿論、山が多いという地形は決して悪い事ばかりではない。

（山は敵の進軍を防ぐ盾《たて》になるし、富の源泉にもなり得るからねぇ……そういう意味では悪い事ばかりではない……）

実際、ザルーダ王国の国土の多くを占める山々には、様々な鉱脈が眠《ねむ》っている。

そして、金、銀、銅に加えて、武具製造の基盤《きばん》となる鉄鉱石の鉱脈まで保有する国は、西方大陸全体を見回してもザルーダ王国ただ一国。

それは、ザルーダ王国という国にとって、何よりの優位性《アドバンテージ》と言える。

また、単に採掘《さいくつ》されると言うだけではなく、鉱山から採掘された鉄鉱石の産出量は西方大陸随一《ずいいち》を誇っている点も見逃《みのが》す事は出来ないだろう。

その豊富な鉄鉱石を利用した武具の製造技術は極めて高い。

何しろ、原材料の入手が比較的《ひかくてき》容易なのだ。

職人が技術を磨《みが》くのに、これほど適した環境《かんきょう》も少ない。

その結果、ザルーダ王国で造られた武具は、西方大陸でも屈指《くっし》の性能と噂《うわさ》される程の品質を持っている。

(何しろ、ザルーダ王国で造られた剣《けん》や鎧《よろい》となれば、昔から傭兵や騎士《きし》達《たち》の間では一級品として扱《あつか》われてきたしねぇ……)

勿論、大量生産を前提に造られた既製品《きせいひん》であれば、他国で造られた物に比べて幾分《いくぶん》高い程度の金額で済むのだが、名のある職人の作品ともなると、文字通り天井知らず《てんじょうしらず》の高値がつく事も珍しくないのだ。

まさに、戦いを生業とする人間にとっては、垂涎《すいぜん》の的と言って良い。

交易都市フルザードから中央大陸へと運ばれる交易品の中で、ザルーダ王国産の武具がかなりの割合を占めている点から見ても、それは明らかだと言えるだろう。

（最近ではセイリオスの街を経由して、北方大陸にまでその販路《はんろ》を広げているくらいだし）

必然的に、ザルーダ王国には膨大《ぼうだい》な金が流《なが》れ込《こ》んでいる。

鉄器の製造と販売《はんばい》こそ、このザルーダ王国に於ける主産業であり国の基盤なのだ。

そして、その主産業を支える根幹こそ、王国内の山々に眠る莫大《ばくだい》な埋蔵量《まいぞうりょう》を誇る鉱脈。

ザルーダ王国内に存在する多様な鉱脈は、まさに宝の山であり生命線だ。

（でも……その分、問題点もあるし、宝の山を狙《ねら》う敵を引き寄せもする訳か……）

何かに長じれば、何かが劣《おと》るのは世の常。

何かを失わなければ、何も得られないのだ。

根本的にこの真理は、対象が人であっても国家であっても同じだと言えるだろう。

そして、ザルーダ王国が支払《しはら》った代償《だいしょう》とは、自国における食料自給率に他ならない。

（鉱脈を有した山岳部《さんがくぶ》が多いという事は、裏を返せば農業に適した平野部が限られているという事でもあるからねぇ……まぁ、歴代の王様達も、指を咥《くわ》えてみていた訳じゃないようだけれど、あまり改善されてないみたいだしねぇ）

為政者《いせいしゃ》という立場にいる人間が、自国の農業生産力に問題がある事を理解していながら、それを放置する訳もない。

実際、歴代のザルーダ国王は、国内の農業生産能力を向上させる事に腐心《ふしん》してきた。

だが、やはりこの大地世界の技術力では、努力にも限界があるというのが正直な所だ。

現時点では、国民を飢《う》えさせないと言うだけでやっとの状態なのだ。

いや、一度天候不良で農作物が減産ともなればすぐさま飢饉《ききん》にもなりかねないだろう。

それは、残酷《ざんこく》なまでの現実。

そういう観点から考えると、平地が多く水利に恵《めぐ》まれた隣国であるローゼリア王国の存在は非常に魅力的《みりょくてき》だと言える。

古《いにしえ》の昔より、ザルーダ王国がローゼリア王国と矛《ほこ》を交えてきた理由も、この広大な食料地帯をザルーダの歴代国王達が欲《ほっ》したからに他ならないのだから。

（とは言え、過酷《かこく》な生活環境というのは、悪い事ばかりと言う訳でもないからねぇ）

ザルーダ王国に暮らす国民は山岳地帯に暮らす事もあり頑強《がんきょう》な肉体を持っている。

それに加えて、非常に勤勉な国民性をもっており、祖国に対しての強い愛国心を持っているというのは大きな利点だ。

（そして、そんなこの国の歴史と風土が尚武の気風を育んできた）

実際、ザルーダ王国が外敵から国土を守ってこられた要因の一つに、国民の恵まれた肉体と強固な愛国心が存在しているというのは事実なのだ。

結局、短所と長所は見方や状況によって幾らでも変わるという好例と言えるだろう。

そして、西方大陸中央部にオルトメア帝国が立国され、大陸制覇を掲《かか》げたあたりから状況は大きく変わってきた。

ローゼリア王国にとって、ザルーダ王国はオルトメア帝国の東部侵攻《しんこう》を阻《はば》む大事な盾としての利用価値が生じたからだ。

そして今、東部三ヶ国《かこく》は御子柴亮真が画策したエルネスグーラ王国を盟主とする四ヶ国連合の成立によって、新たな時代の幕が開いたのだ。

だが、そんなザルーダ王国には今、新たなる暗雲が重く立ち込めている。

(それも、極めて致命的《ちめいてき》……な)

リオネの口から深い溜息《ためいき》が零《こぼ》れた。

何しろそれは、今回の戦に於いてザルーダ王国という国が持つ数少ない優位性の一つを喪《うしな》い掛けているという内容なのだ。

如何《いか》に豪胆《ごうたん》なリオネと雖《いえど》も、この状況で平静を保つのは難しい。

いや、並の将ならこの状況に絶望してしまい、思考停止になるのがオチだ。

そう考えると、未だ状況分析《じょうきょうぶんせき》を行い、現実に向き合う気力を保っているだけ、リオネは優れた将だと言えるだろう。

(まぁ、この国の国民は愛国心に溢《あふ》れてるって話だったけれど、御貴族《ごきぞく》様は必ずしもそうとは限らないって事なのかねぇ……)

それは、政治に無関係であり責任を負わない平民階級と、政治的責任を常に求められる貴族階級の差なのかもしれない。

リオネの美しい顔に冷たい笑《え》みが浮かぶ。

それは、右往左往する貴族達への嘲笑《ちょうしょう》だろうか。

或いは、人間という存在が持つ根本的な愚《おろ》かさへの嘆《なげ》きか。

(しかし困ったもんだよ……オルトメアの動きから察するに、向こうは本気でこのザルーダ王国という国を亡《ほろ》ぼすつもりだってのに……それにもかかわらず、ザルーダ側が未だに一枚岩になれないとなると……ねぇ。まぁ、それぞれの立場や考えの違《ちが》いは仕方が無いにせよ、それ等の意見を調整し、国の方針として決定出来る人間が居ないとなると……)

王族、官僚《かんりよう》、貴族、国民。

ザルーダ王国を構成するこれらの意思が、この国難を目の前にして未だに統一されないというのは、かなり危機的状況だと言える。

特に、貴族達の混乱の度合いはかなり酷《ひど》い。

宮中で連日行われている会議では、未だに侃々諤々《かんかんがくがく》の議論を繰《く》り広げているのだ。

徹底抗戦《てっていこうせん》を主張する者もいれば、交渉《こうしょう》で切り抜《ぬ》けるべきだと叫《さけ》ぶ者も居るし、中には国民の安全を守るというお題目を前面に掲げてオルトメア帝国への無条件降伏《こうふく》を提案する者までいる始末だ。

(とは言え、それが一概《いちがい》に己《おのれ》の保身から出た言葉だと切り捨てられないのが、難しいところだねぇ……)

貴族達も愛国心がない訳ではないのだ。

それは、無条件降伏を叫ぶ腰抜《こしぬ》け貴族にも同じ事が言える。

勿論、降伏論を唱える貴族達がオルトメア帝国の調略を受けている可能性は有るだろうが、それでも現状を考えると無条件降伏という選択肢《せんたくし》を考えるという事自体は、不自然という訳でもないのだから。

しかし、その言葉には、多分に保身や私欲が混じっていると考えるべきだろう。

如何に愛国心に溢れる貴族と雖も、常にザルーダ王国の繁栄《はんえい》と存続を最優先に出来るかと言えばそうではない。

自らの領地を維持《いじ》する為には、国の意向に唯々《いい》諾々《だくだく》と従ってばかりはいられないのもまた事実なのだから。

いや、それ以上に問題なのは貴族達もまた、自分の意思一つで全てを決定出来る訳ではないという点だろう。

この大地世界に於いて、身分の壁《かべ》は絶対的なものだ。

ただ、そうは言っても全ての無茶《むちゃ》を身分が解決してくれる訳では無い。

リオネの脳裏《のうり》に、嘗《かつ》てのローゼリア王国国王の姿が浮かんだ。

(もし本当に、身分の壁が絶対的なモノであるというのなら、あの女がローゼリア王国の統治にあれほど腐心する必要はなかった筈だからねぇ)

多くの国は国王を頂点とした厳格な身分制度によって統治されているが、だからと言って全てが実現される訳もないのだ。

いや、神の託宣《たくせん》ですらも、実現するかどうかは人の意思に因《よ》るのだから、それも当然だと言えるだろう。

それに、そういった制度的な問題とは別に、貴族達自身が大きな問題を抱《かか》えている。

それは、疑心暗鬼《ぎしんあんき》という名の毒。

貴族達の心は今、本当に強大なオルトメア帝国に勝てるのかという疑問に埋《う》め尽《つ》くされてしまっている。

そして、その勝利を得るのだという自信を持てないが故に、自らの部下達に毅《き》然《ぜん》とした命令が下せないのだ。

(国の支柱である国王が陣頭《じんとう》指揮を執《と》る事が出来ない今の状況では、仕方ない部分もあるんだろうけれどもねぇ……)

結局、ザルーダ国王であるユリアヌス一世が陣頭指揮を執れないという点が致命的な問題なのだ。

(まぁ、領主としての権限を用いれば、平民達を強制的に戦場に立たせる事は出来るだろうけれど……でも、それじゃあ案山子《かかし》と大差ない)

大切なのは戦う意志と、敵を殺すという覚悟。

この二つを持たない兵士など、存在するだけで邪魔《じゃま》でしかないのだ。

一人の兵士を戦場に送るには、武具を支給し、その兵士が死ぬか戦が終わるまでの間、毎日兵糧《ひょうろう》を配給する必要があるが、そのコストは決して安くはないのだから。

(正直、覚悟を持っていない兵士なんて、戦場の空気に当てられて直《す》ぐに逃《に》げ出すのが関の山だろうしね)

そして何よりも大きな問題は、そういった逃亡兵《とうぼうへい》の存在自体が、周囲の兵士にまで動揺《どうよう》を与え戦意を喪失《そうしつ》させてしまうという点だ。

（まぁ、周りがどんどん逃げ出しているのに、自分だけがその場に踏《ふ》みとどまって敵と戦おうなんて覚悟を持った奴《やつ》は、そうそう居ないからねぇ）

勿論、例外は存在する。

吟遊《ぎんゆう》詩人達が歌う詩の様に、我《わ》が身《み》も顧《かえり》みずに孤《こ》軍奮闘《ぐんふんとう》して命を散らす戦士というのは実際に存在するし、リオネ自身もそういった戦士達の最期の散り際を、その目で見届けた事もあるのだから。

彼《かれ》等は主君を守る為、戦友を守る為、故郷を守る為と、様々な理由から我が身を顧みずに戦い、戦場に散っていった。

とは言え、それは極めて特殊《とくしゅ》な状況に限られる話でしかない。

また、例外だからこそ、吟遊詩人の詩の題材として取り上げられるとも言えるだろう。

（少なくとも、そんな覚悟を持った兵士の存在を前提に戦術を組み立てるのは無謀《むぼう》だねぇ）

大抵の場合は、周囲の空気に流されて戦場から逃亡《とうぼう》しようとする方が普通《ふつう》だ。

そして、そんな逃亡兵の姿を見れば、敵の兵士達は嵩《かさ》に懸《か》かって攻め寄《せ》せてくるだろう。

（実際、戦場に於いて兵士が敵と戦っている時というのは、意外に戦死が少ないからねぇ）

勿論、前後左右あらゆる方向から敵が襲《おそ》い掛かってくる上、流れ矢なども有り得るのだ。

戦場には、人が死ぬ要因が、そこら中に溢れかえってはいる。

しかし、その一方で兵士はその危険性を熟知し、周囲の状況に意識を向け状況変化に備えてもいる。

盾や鎧で身を守り、武器を構えて敵の攻撃《こうげき》に備えている。

その備えを真正面から打ち破るには、彼我《ひが》の戦闘《せんとう》能力に隔絶《かくぜつ》した差というものが必要となってくるだろう。

その結果、必然的に戦闘状態が維持出来ている状況では、想像以上に戦死は少なくなる。

では、どんな時に戦死が多くなるかというと、部隊の隊列が崩《くず》れ、兵士が戦場から逃げ出そうと背を向けて逃げ出した時だ。

(戦場から逃げ出そうとする兵は大抵、後ろへ逃げ出すからねぇ)

人間が自分の生命に危険が迫《せま》っていると感じた時、その危険から距離《きょり》を取ろうと後方に逃げる事が多い。

勿論それは、生物の本能。

とは言え、それが危険から身を守る術《すべ》として最善かと問われるとそうとも言い切れないのだ。

後方へ逃げる時、人はその危険に対して無防備な背を向ける事に成るのだから。

(その結果、敵は士気を上げ、味方は士気を下げる事になる)

敵を一方的に殺せるという状況ほど、士気が高揚《こうよう》する状況はないだろう。

逆に、味方が一方的に殺されている状況下で、士気を保てる兵士も居ないのだ。

(そして、一度下がった兵士達の士気は容易には戻《もど》らない……少なくともアタイには無理だろうねぇ)

それはまさに負の連鎖《れんさ》。

そうなれば、軍としての機能は完全に失われる。

そして、一度そこまで崩れてしまえば巻き返しはほぼ絶望的。

それは、【紅獅子】のリオネだから立て直せないのではない。

【ローゼリアの白き軍神】と謳われるエレナ・シュタイナーや、若き覇王《はおう》として西方大陸で恐れられ始めた御子柴亮真その人が指揮をしても結果は変わらないだろう。

後は、敵軍にただただ蹂躙《じゅうりん》されるだけだ。

（それこそ、飢えた狼《おおかみ》に餌《えさ》をくれてやるようなもんだろうねぇ）

その結果が目に見えているのに、今の状況で領民を徴兵《ちょうへい》しようという領主はまずいない。

いや、ただでさえ大国オルトメアの脅威《きょうい》が差し迫っている時期だ。

この状況で無理に徴兵を行えば、領民達が黙《だま》って従う可能性は低いだろう。

（最悪、反乱を起こしかねない……か）

勿論、愛国心溢れると名高いザルーダ王国の民である事を考えれば、仮に徴兵を行ったとしても、実際に反乱が起こる可能性は低いだろう。

しかし、絶対にありえないとは言い切れないのも事実。

そして、その可能性を理解している以上、貴族達としても身分を笠《かさ》に着ての強要は難しい。

少なくとも、領民や家臣達を納得《なっとく》させるだけの何らかの利益が、領主である彼等には必要なのだ。

（愛国心か……まぁ、確かに人を動かす動機の一つにはなるだろうね。とは言え、理想だけじゃ生きていけないからねぇ）

勿論、自らが生まれ育った祖国を守るという大義は、人が命を懸けるだけの価値がある。

実際、祖国の為に命を捨てる覚悟で戦場に赴《おもむ》く人間は多く存在しているのだから。

ただ、愛国心の他に、何らかの要因が含《ふく》まれている場合が多いのも否めない。

たとえば、周囲からの同調圧力や、残された家族に対して何らかの利益供与《きょうよ》が行われるなどの理由が考えられるだろう。

少なくとも、リオネが長年の傭兵稼業で培《つちか》ってきた経験から判断すると、そういった様々な要因を排除《はいじょ》した純粋《じゅんすい》な愛国心だけで、自分の命の危険を覚悟して戦場に赴ける人間は少ないのだ。

（やはり、先の戦で守護神とも謳われたベルハレス将軍を喪って軍の統制が緩《ゆる》んでいる上に、国王が病床《びょうしょう》に倒《たお》れているというのが致命的……か）

勿論、兵士達を率いる将は、今のザルーダ王国にも居ない訳ではない。

近衛騎《き》士団長《しだんちょう》であるグラハルト・ヘンシェルや親衛騎士団長であるオーサン・グリードなどは、王国屈指の騎士であり、一軍を任せるに足る指揮官だし、貴族達の中にも軍略に長《た》けた人間がいない訳ではないのだから。

しかし、一軍を率いる将は居ても、将達を纏《まと》め指揮する人間が居ないというのは、戦を行う上で明らかに問題と言える。

（守護神とも謳われた父親と比べるのは酷《こく》だろうけれど、やはりジョシュアでは貫目《かんめ》が足りないって事なのかねぇ……）

如何に【鷹《たか》】という異名で名を馳《は》せる様になってきたとはいえ、未だに父親であるアリオス・ベルハレスを超えたとは言い難いというのが実状だ。

実力はともかくとして、経験や実績という部分が圧倒的《あっとうてき》に足りなすぎるのだろう。

それが、周囲から見たジョシュアへの評価。

（正直に言ってアタイの手には余る状況だねぇ……）

しかし、投げ出すという選択肢は無いのだ。

此処《ここ》で投げ出してしまえば、オルトメア帝国はザルーダ王国を併合《へいごう》するだろう。

そして、その次に矛先《ほこさき》を向けられるのはローゼリア王国であり、ウォルテニア半島を支配する御子柴大公領になるのは目に見えている。

（坊《ぼう》やとオルトメア帝国とは、何かと因縁《いんねん》があるからねぇ……まぁ、今更《いまさら》手打ちは難しいだろうし……）

仮に御子柴亮真が和平や恭順《きようじゆん》を申し入れたところで、オルトメア帝国側がそれを受け入れる可能性は皆無《かいむ》だろう。

何しろ、御子柴亮真はオルトメア帝国の誇る主席　宮廷法術師《きゆうていほうじゆつし》であるガイエス・ウォークランドを殺害している上に、先のザルーダ王国侵攻を阻んだ立役者なのだ。

勿論、亮真の立場からすれば、突然《とつぜん》自分を拉致《らち》した犯罪者から身を守っただけのことでしかない。

ガイエスを殺害したのは事実だが、その行為《こうい》に関して一切《いっさい》の後悔《こうかい》はないだろう。

犯罪者の生命を守る為に、自分の身を危険にさらすなど本末転倒《ほんまつてんとう》も甚《はなは》だしいし、個人的には虫けらを踏み潰《つぶ》した程度の痛痒《つうよう》しか感じないというのが正直な本音だ。

だが、オルトメア帝国側から見れば、御子柴亮真は自国の重要人物を無残にも殺害し、事ある毎に自国の野望を阻む怨敵《おんてき》であり、最優先の排除対象でしかない。

これは、両者の立場の違いであり、その見解が時間の経過とともに変わる事も、交渉で折り合いがつく様な事もまず考え難い。

何故《なぜ》なら、どちらの見解も、彼等の立場から見れば正しいからだ。

(そんな両者の関係を前提として考えた場合……もし仮にオルトメア帝国側が坊やとの和平を選んだとすれば、それは一種の時間稼《かせ》ぎと見るべきだろうねぇ)

或いは、亮真を油断させる為の擬態《ぎたい》だろうか。

そして、時期が来たと判断した瞬間《しゅんかん》、オルトメア帝国は亮真の暗殺か、御子柴大公領への侵攻のどちらかを選ぶであろう事は目に見えている。

そこまで予想がつく以上、和平や恭順など有り得る訳が無いのだ。

とは言え、それはあくまでも御子柴亮真という男に関してだけの話ではあるのだ。

リオネやボルツ達の立場だけで考えれば、選択肢がもう少し増えるのは事実だろう。

しかし、今更リオネがその選択《せんたく》を選ぶ事は無い。

（全く、坊やの命令だから仕方ないとは言え、とんだ貧乏《びんぼう》くじを引かされたもんだよ。それもこれも惚《ほ》れた弱みって奴かねぇ）

再び、リオネの唇《くちびる》から深いため息が零れる。

しかし、リオネの顔は、そんな想いとは裏腹に、何処《どこ》か嬉《うれ》しげでもあった。

その時、部屋の扉《とびら》が軽くノックされた。

「誰だい？　開いてるよ！　勝手に入りな！」

若干《じゃっかん》、棘《とげ》のある言い方になったのは照れ隠《かく》しと苛立ちが入り混じっていたからだろうか。

だが、訪問者はそんなリオネに対して、気を悪くした様子もなく声を掛けた。

「おや……間が悪かったですかな……」

扉を開けて姿を現したのは、雲を衝《つ》く様な巨漢《きょかん》。

その肉体から発散される武の香りは、男が歴戦の勇士である事を如実《にょじつ》に物語っている。

だが、そんな武骨な空気とは対照的に、男の顔はどちらかと言えば理知的であり、優《やさ》し気ですらある。

そんな巨漢に対して、リオネはバツが悪そうに頭を掻いた。

「おっと……誰かと思えばシグニスの旦那《だんな》かい……こいつは失礼したねぇ」

だが、そんなリオネの謝罪に対して、男は悠然《ゆうぜん》と首を横に振《ふ》る。

「なに、お気になさらずに……リオネ殿《どの》も何かと気苦労が多いでしょうから……もし何でしたら、出直しましょうか？」

そう言って穏《おだ》やかな笑みを浮かべる男の名はシグニス・ガルベイラ。

彼は、相方であるロベルト・ベルトランと共に【御子柴大公家の双刃《そうじん》】と謳われる程の武将であり、御子柴大公家に於ける武の要というべき存在。

そして、今回のザルーダ王国へ派遣《はけん》された援軍《えんぐん》の副将であり、リオネの補佐役だ。

ただ、相手がガルベイラ男爵《だんしゃく》家の当主であるという点を考えると、目下の部下というよりは同格の同僚《どうりょう》と言う認識《にんしき》の方が正しいだろう。

「いや、伊賀崎衆からの報告を読んでいただけだから構わないよ。それで、用件は何だい？」

「そうですか、それでは……」

そう言うと、シグニスは手にしていた書類をリオネに差し出す。

その書類を受け取ると、リオネは素早《すばや》く確認《かくにん》していく。

そして、深く頷《うなず》いて見せた。

その顔に浮かぶのは安堵《あんど》。

先ほどまでの憂いに満ちた表情とは対照的な笑みだ。

実際、今のリオネにとって、シグニスが差し出した書類に書かれた情報は、圧倒的不利としか言えない今の状況の中で、数少ない朗報と言えるだろう。

そして、リオネは徐《おもむろ》に口を開いた。

「流石《さすが》はロベルトの旦那だねぇ……まさか、オルトメアの大軍を前にして、防衛線を維持するだけじゃなく、逆に押《お》し上げて見せるとは……」

その言葉にシグニスが深く頷く。

「まぁ、少数を率いての強襲《きょうしゅう》はロベルトが最も得意とする戦法ですから……」

それは、ロベルト・ベルトランという男の実力を理解している男の確信に満ちた言葉だ。

「それに、ザルーダの将もロベルトを上手《うま》く補佐してくれているようですからね……この程度の戦果は当然と言えるでしょう」

元々ロベルト・ベルトランはローゼリア王国の中でも五指に入る戦上手。

その力は、エレナ・シュタイナーの跡《あと》を継《つ》ぐ器量と噂された時期もある。

そして、そんな猛将《もうしょう》をザルーダ王国の将が上手く補助《サポート》しているらしい。

「グリード騎士団長か……流石に親衛騎士団の団長だけあるって事かねぇ」

「オーサン・グリードと言えば、ザルーダ王国に於いてグラハルト・ヘンシェルと並《なら》び称《しょう》される程の人物ですから……それに加えて自国領内での防衛戦ですしね。地形や防衛拠点《きょてん》に関してはオルトメア側よりも詳細《しょうさい》な情報を持っている筈ですから、適切な指揮さえ執れれば戦況《せんきょう》を有利に進めてもさほど不思議ではありませんよ」

「地の利はこちらにあるって訳だね」

「まぁ、地の利しかないとも言えますが」

そう言うと、シグニスは肩《かた》を竦《すく》めて見せた。

実際、今の状況で有ると言えるのは地の利くらいのものだろう。

少なくとも、天の時も人の和も今のザルーダ王国には無いと断言してよい。

「それでも、有利な要素が一つでもあるなら、それに越した事はないさ。何しろこっちはただでさえ難問が山積みなんだからさぁ」

そう言うと、リオネは伊賀崎衆から受け取った報告書をシグニスへ差し出す。

素早く報告書に目を通したシグニスの口から深い溜息が零れる。

「成程《なるほど》……ザルーダ王国側は、思っていた以上に良くない様ですな……やはり、国王が病床に倒れているというのは、我々が想像していた以上に影響《えいきょう》が大きいらしい」

「誰もが生き残る事に必死さ」

「まぁ、家を保ち次世代に受け継いで行く事もまた、貴族の義務であり存在意義ですからね。それでも何とか前線への支援《しえん》を維持出来ているのはジョシュア殿の手腕《しゅわん》のおかげ……と言ったところですかな？」

その言葉にリオネは不満そうに鼻を鳴らす。

「アタイとしては、もう少し頑張《がんば》って貰《もら》いたいところだけれどもねぇ」

実際、遠征軍の総指揮官として様々な調整や確認に時間を取られているリオネにしてみれば、ザルーダ王国の人間にもっと頑張って貰いたいというのが本音だ。

如何に同盟関係であるとはいえ、ザルーダ王国の防衛はザルーダ王国の民が率先《そっせん》して血と汗《あせ》を流すべきなのは間違《まちが》いない。

問題なのは誰が主体性を持って対応するかという点。

少なくとも、援軍でしかないリオネ達が率先してザルーダ王国の防衛にあれこれと尽力《じんりょく》するのは、本来の自国防衛の原則から考えれば筋違《すじちが》いも甚だしいのだ。

（まぁ、色々と事情があるのは分かっているけれどもねぇ……ジョシュアの奴も些《いささ》か対応がお粗末《そまつ》だよ）

今のザルーダ王国に於いて、その国防を担うべき人間といえば、好むと好まざるとに拘わらず、ジョシュア・ベルハレスただ一人だろう。

守護神と呼ばれたアリオス・ベルハレスの後継者《こうけいしゃ》として目されているジョシュア以外に、今のザルーダ王国が置かれている苦境を打破出来る人材など考えにくい。

だが、その期待の星であるジョシュアの動きが悪いというのは、リオネにとっても予想外の展開だった。

勿論、一国の舵取《かじと》りが容易《たやす》い筈もない。

しかも、国王であるユリアヌス一世が倒れ、急に降って湧《わ》いた重責だ。

未だ三十を幾つか過ぎた程度の若きジョシュア・ベルハレスに、経験と実績が足りない事は言うまでもない。

そして、どれほど才能が有ろうとも、やはり最後に物を言うのは経験であり実績なのだ。

何の準備もしていない状態で、若いジョシュアに役目を完璧《かんぺき》に処理して見せろと言う方が酷なのは確かだろう。

いや、それどころか、紛《まが》いなりにも防衛線を構築して未だ戦線を維持出来ているだけ優秀《ゆうしゅう》とすら言えなくもない。

少なくとも、落第点を取る事は無いだろう。

ただ、だからと言って、それで話が済む訳もない。

リオネが欲《ほ》しいのは努力や泣き言ではなく、明確な結果だ。

それも出来れば、起死回生の奇跡《きせき》というやつを見せて欲しいというのは本音だろう。

だが、そんなリオネに対してシグニスは首を横に振った。

「ジョシュア殿は戦の才には恵まれていますが、交渉や利害調整が主な仕事となる政務となると些か畑違《はたけちが》いでしょう。私としては慣れない仕事にも拘わらず良くやっていると思いますが……まぁ、リオネ殿が不満を抱くのは当然ですが、軍務と政務の両方に長けた人材というのは中々居ませんから」

「アタイの要求が高すぎるっていう事かい？」

そう言うとリオネは唇を尖《とが》らせながら顔を顰《しか》めてみせる。

シグニスの言葉の意味を理解はしても、納得は出来ないと言ったところだろうか。

しかし、そんなリオネに対して、シグニスは苦笑いを浮かべた。

「えぇ、正直に言って少しばかり……とは言え、我々の身近には御屋形様《おやかた》という怪物《かいぶつ》が存在していますので、そういう意味からすれば、リオネ殿のジョシュア殿に対する評価が厳しくなるのも致し方ないとは思いますが……ね」

シグニスの言葉に、リオネは少し驚《おどろ》いたような表情を浮かべる。

その指摘《してき》は、リオネにとって余りにも予想外なものだったからだ。

だがその一方で、リオネはその指摘が正しいと本能的に察した。

そして、しばらく己の胸中に抱く不満や苛立ちを整理した後、深いため息と共に頷いた。

「坊やという実例があるからこそ、ジョシュアに対して不満を感じてしまうって訳かい……成程……それは確かにそうかもしれないねぇ」

「御屋形様が規格外過ぎるのですよ。まぁ、そんな化け物の様な方だからこそ、我々も安心してお仕え出来る……それに、能力が優れている事は事実ですが、それ以上に、あの方の状況判断と決断力には、敬服するしかありませんから」

そう言うと、シグニスが不敵な笑みを浮かべる。

それは、自らの力を十全に活用出来るだけの器量を持つ主に巡《めぐ》り合えた事への歓喜《かんき》の笑みだろうか。

実際、どれほど鋭利《えいり》な名剣《めいけん》であっても、その柄《つか》を握《にぎ》る剣士《けんし》の技量が劣っているなら、その刃《やいば》の切れ味を生かす事など出来ない。

また、仮に一流の技量を誇る剣士が柄を握ったとしても、その使い手の心に迷いがあれば、やはり名剣の実力を発揮する事は出来ないのだ。

使い手は剣を選ぶが、剣もまた使い手を選ぶという事なのだろう。

そういう意味からすれば、【双刃】と謳われるシグニスとロベルトから絶大な信頼《しんらい》を向けられる御子柴亮真という男が、単に政治や軍事に長けた天才であるのみならず、同時にその能力に相応しい精神力を兼《か》ね備《そな》えた存在なのは明らかだと言える。

いや、単なる天才というよりは、人間という範疇《はんちゅう》を超えた一種の化け物と評した方が正しいかもしれない。

そんなシグニスの言葉にリオネは苦笑いを浮《う》かべながら肩を竦めた。

「まぁ、正直あの子と話していると、時々怖《こわ》くなるよ……一体何処《どこ》まで見通しているのかって……ね」

「確かに……あの方の決断には迷いというものが見られません。まるで、事前に全ての結末を見知っているかの様ですからね。まぁ、如何にあの方が規格外な化け物とは言え、それは流石にないでしょうが……ね」

勿論、それはいささか誇張《こちょう》に過ぎた評価なのは確かだろうし、シグニスも本気でそんな風に思っている訳ではない。

そして、それはリオネ自身も分かって居る。

「そりゃそうさ……それじゃあ坊やは神様の使者か、悪魔《あくま》の手先って事に成っちまうよ」

そう言うとリオネは、出来の良い冗談《じょうだん》を聞いたとばかりに声を上げて笑う。

しかし、表面的には笑い声を上げるリオネだったが、その胸中には、全く別の事を考えている。

御子柴亮真が優れた才能を持っているのは事実だ。

そして、リオネやシグニスから見ると、一種の人知を超えた化け物の様に感じるのも否定できない本音ではあるだろう。

とは言え、勿論《もちろん》それが単なる幻想《げんそう》である事もリオネは理解していた。

しかし、その一方で御子柴亮真が決断力に秀《ひい》でているというのもまた、否定しようのない事実なのだ。

では、何故《なぜ》迷わないかと言えば、性格や才能の部分が大きいだろう。

（少なくとも、あの冷徹《れいてつ》さや状況《じょうきょう》判断能力は、間違いなく才能だろうからねぇ）

ただ、それだけでは説明が付かないというのも事実だ。

才能に恵まれる幸運は、何も御子柴亮真という人間にだけ降り注ぐ訳ではないのだから。

実際、親から受け継ぐ遺伝子的な要因以上に、大きな後天的要因を御子柴亮真は持っている。

それは簡単に言ってしまえば、数多《あまた》の実例と現状を照らし合わせた結果、ある程度の答えを事前に予想出来るという利点。

一＋一＝二。

それは、極《きわ》めて初歩にして簡単な数式の答えであり、義務教育を終えた日本人で、この二という回答を導き出すのに戸惑《とまど》いを覚える人間はまずいないだろう。

何故なら、知識として計算式というものを理解しているからだ。

そしてこの計算式の正しさは、過去の人間が正しいと証明した事実であり、其処《そこ》に今更疑問を挟《はさ》む余地は少ない。

例外は、高等数学などに人生を捧《ささ》げる人間が、何らかの理由で疑問を持つ程度だろう。

御子柴亮真の行動に迷いが少ないのも、それと基本的には同じ理屈《りくつ》だ。

勿論、迷いが少ない事と、その結果導き出された解答が正しいかはまた別の話ではあるだろう。

だが、少なくとも亮真は、現代日本での生活の中で、様々な兵法書を読み解き歴史を学んできた経験があるし、それに加えてＴＶやインターネット、新聞などの情報媒体《ばいたい》を介《かい》して世の中の動きを見聞きしてきているのだ。

その情報量は、文字通り膨大な量。

情報の質や精度という点に於いてはまだ比べようもあるだろうが、情報量という観点だけで考えれば、大地世界の国王や宰相級《さいしょう》の権力者であっても、比較するだけ無駄《むだ》にしかならないだろう。

とは言え、所詮《しょせん》は素人《しろうと》のにわか知識を用いた判断ではある。

当然、専門家の様に模範《もはんてき》的な答えを出せる訳ではないが、ある程度の方向性を導き出すのには困らない程度の知識を持っている訳だ。

そして、そのにわか知識と類まれな才能が掛《か》け合わされた結果、大地世界の人間から見れば、人知を超えた神算鬼謀《きぼう》に見えてしまう事になる。

御子柴亮真本人の評価はさておき、リオネやシグニスから見た結論としては、そう評するより他に評価のしようがないのだろう。

（これから起こる出来事を見知っているねぇ……そうなると予知……は流石に無理だろうけれど、限りなく予知に近い予測なら有り得るか……まぁ、それに一度や二度ならともかく、毎回となれば、冗談半分とは言えシグニスの言葉は、それほど的外れとは言えないのかもしれないねぇ……）

実際、如何に機運を掴《つか》んだとはいえ、単なる傭兵《ようへい》がこれほど短期間に一国にも匹敵《ひってき》する領土を獲得《かくとく》し、その類まれな知略を駆使《くし》した結果、今では半独立国となっている程《ほど》なのだから。

それは、西方大陸の歴史を見ても唯一無二《ゆいいつむに》と言って良い快挙。

そんな規格外の化け物の様な存在と、如何にザルーダ王国内で英雄《えいゆう》と呼ばれているとはいえ、人の範疇に収まるジョシュアを比較しようとする事自体がおこがましいと考える人間の方が多い筈《はず》だ。

「なら、そんな怪物の期待に是非《ぜひ》でも応えないと……ね」

リオネは再び大きなため息を吐くと、再び窓の外へと視線を向けた。

遥《はる》か東の地にて戦う主の姿を思《おも》い描《えが》くかのように。

第一章　届けられた積み荷

城塞《じょうさい》都市ジェルムクの包囲網《ほういもう》が解かれてから七日が過ぎた。

城壁《じょうへき》の上に設けられた櫓《やぐら》の上では、ウォルテニア半島の領主にして、御子柴《みこしば》大公領の主人である御子柴亮真《りょうま》が、マルフィスト姉妹《しまい》を背後に従えながら城壁の外に広がる平野部と森林地帯へ視線を向けていた。

流石に戦時中である為《ため》、マルフィスト姉妹も鎧に身を固めた臨戦態勢で周囲を警戒《けいかい》している。

如何に城壁の上とはいえ、流れ矢が飛んでこないとは限らないし、そもそも此処はミスト王国領内。

如何に四ヶ国同盟を結んでいるとはいえ、完全に安全とは言い切れないのが乱世の習いだ。

(まぁ、こうやってローラとサーラが護衛に付いてくれているからこそ、俺《おれ》も安心していられるんだが……ね)

そんな事を考えつつ、亮真は視力強化の術式を起動した。

その手に握られているのはこの大地世界《アース》には本来存在しない筈の双眼鏡《そうがんきょう》。

メネオースの瞳《ひとみ》と名付けられたその双眼鏡の表面には、付与《ふよ》法術が起動している証である淡《あわ》い緑色の光が浮かんでいる。

（今のところ、敵軍の影《かげ》は無い……か）

先日、風雨という隠れ蓑《みの》に用いた奇襲《きしゅう》の成功によって、ブリタニアとタルージャの連合軍が仕《し》掛《か》けたジェルムクの包囲網を破りはしたものの、未《いま》だに戦闘は継続《けいぞく》中の状況なのだ。

（敵兵を大分削《けず》ったから、あのまま撤退《てったい》というのも考えられるが……まぁ、そいつは少しばかり甘《あま》い希望だろう……な）

戦の終わり方には様々な形が有れども、基本的には三種類しかない。

一つ目は、敵を完全に打ち負かし戦意を挫《くじ》く事。

二つ目は、自分達《たち》が敵に敗れ戦意を喪った場合。

そして最後の三つ目が、余力を残した状況での交渉による停戦や和睦《わぼく》だ。

後は全て、この三つの状況の度合いという事になる。

そして、敵の戦意を挫く方法として最も効果的なのは、兵士を殺して死体を積む事だ。

最初は報復を考えるとしても、次第《しだい》に味方の死体が増えていくとなれば、復讐《ふくしゅう》よりも自己保身を考えるのが人間という生物の本能なのだから。

そういう意味からすれば、先日の奇襲は大きな戦果を御子柴大公軍に齎《もたら》しはしたものの、ミスト王国を勝利に導くには些か足りないというのが実情だろうか。

ブリタニアとタルージャの連合軍六万に対して、御子柴亮真は国王の謁見《えっけん》を省くという奇策《きさく》と、風雨に紛《まぎ》れての奇襲という二段構えの策を仕掛けた結果、これを撃破《げきは》して見せた。

その戦果はすさまじく、ブリタニアとタルージャの連合軍の将兵が流した血で大地が赤く染まった程だ。

具体的な死傷者の数は一万人前後といった所だろうか。

それに対して、御子柴大公軍の死傷者は千人を超《こ》えない程度の軽微《けいび》なものだ。

それも、負傷者の割合が八割前後であり、回復不能な重傷者や戦死者の数は極めて限られている。

それに、負傷者には黒エルフ族の秘薬を使用して治療《ちりょう》を行っている為、回復も非常に速い。

勿論、腕《うで》や足を切断されてしまっては、流石に直ぐの戦線復帰は不可能だが、逆に言えば完全に切断までしていない状態であれば、複雑骨折や腕が千切れ掛ける様な重傷も割と直ぐに回復する。

数日もすれば、負傷者の多くが原隊に復帰出来る程度には回復するだろう。

そう考えると、万を超える軍の戦でありながら、御子柴大公軍の損害は実質的には数百人程度で収まった事になる。

それはまさに、大地世界の常識を覆《くつがえ》す様な奇跡。

(そういう意味からすると、この大地世界は地球よりも技術が進んでいる分野が有るんだよなぁ……まさに、魔法《まほう》って訳だ)

この戦果は、兵士一人一人に対して行った徹底《てってい》した訓練と、ウォルテニア半島の怪物達《かいぶつたち》から採取した素材を基にして作った武具の性能のおかげだろうか。

(まぁ、うちの装備は他国の軍と比べて金の掛け方《かた》が違うからな……)

勝敗という意味で言えば、御子柴大公軍の圧勝と言っていいだろう。

疫病《えきびょう》の発生を避《さ》ける為に、先日からジェルムクを守る国境守備隊の兵士達が総出で行った敵兵の死体処理も、ようやく一段落したところだ。

そのおかげで、城塞都市ジェルムクに籠城《ろうじょう》していた守備隊の士気は、天を衝《つ》かんばかりに燃え上がっている。

しかし、残念ながらこの戦を終結させる程の損害を与《あた》える事は出来なかったらしい。

（一万弱……敵軍の総数が六万程って話だったから、ざっと十五〜十六パーセント前後の損耗《そんもう》率《りつ》か……現代の軍隊を基準に考えると確かに、全滅《ぜんめつ》判定には至らないな。まぁ、現代の軍事知識が、この大地世界の戦にそのまま適用出来るかどうか正直判断が付かなかったが、それほど的外れって訳ではない様だな）

近代の軍事を理解する上での基礎的《きそてき》な知識として、部隊の損耗率という物が存在する。

これは部隊を構成する兵士がどれだけ戦闘不能になったかから導き出されるもので、三十パーセント前後の損耗《そんもう》を出した部隊は部隊編制を再度行わなければならない事から、戦力として計算する事が出来ない状態とみなされ、全滅と判断される事になるのだ。

とは言え、それは銃《じゅう》という武器を持ち、ある程度の距離を保ちながら戦う現代の戦争を想定した場合の話。

少なくとも、剣《けん》や槍《やり》を手にして殺し合う大地世界の戦争にそのまま適用出来るかどうかまでは分からないというのが正直なところだったのだが、今のところ損耗率の考え方はこの大地世界の戦においても適用出来るらしい。

（まぁ、字面《じづら》から考えると全滅と言っているのに、損耗の割合としては三十パーセントというのもおかしな話だけれども……な）

それは軍事知識を持たない大半の人間が、全滅判定の基準を聞いた時に感じる違和感《いわかん》だろう。とは言え、所詮は素人の感想でしかない。

既《すで》に軍事用語として定義されてしまっている以上、今更変更《いまさらへんこう》も出来ないのだから。

因《ちな》みに、五十パーセント前後の損耗率の場合は壊滅《かいめつ》といい、百パーセントの場合は殲滅《せんめつ》と定義されている。

それぞれの漢字を単体で見た時に、意味合いとしては間違ってはいない気もするが、それぞれが表す損耗率のパーセントと対比させると、何となく収まりが悪いと感じるのは亮真だけではないだろう。

（まぁ、どこぞのお偉《えら》い学者先生が決めた用語にケチをつけるつもりもないがね）

それに、日本で暮らす一般人《いっぱんじん》が日常生活を送る上では不要な知識なのだ。

専門家の間で問題なく使われているのに、素人が口をはさむのもおかしな話ではある。

ただ字面がどうであれ、全滅という状態が一度部隊を撤収《てっしゅう》させて再編制しなければ戦争にならない状態を意味する事なのは間違いない。

そういう意味からすると、今回亮真が与えた損害は全滅判定の基準値である三十パーセントには届かないのだ。

やろうと思えば、翌日にでも部隊編制を行って再戦を挑《いど》んできたとしても不思議ではないだろう。

（しかし、ブリタニアとタルージャの連合軍を率いる敵の将軍は、その選択肢を選ばなかった。まあ、現代の知識がそのまま正しいとは言えないけれどもな……問題は選ばなかったのか、選べなかったのか……勿論、敵軍がブリタニアとタルージャ王国の連合という事は、指揮系統が違《ちが》っている可能性が有る。部隊の再編もそういったことが理由で遅《おく》れた可能性もあるか……）

城塞都市ジェルムクに入城した御子柴大公軍の兵力は四万弱。

ジェルムクに駐屯《ちゅうとん》している国境警備隊で、残存している兵力はおよそ一万を少し超える位だろうか。

合わせて兵数は五万を超える。

とは言え、敵軍も一万を減らしたとはいえ、元々、総数六万もの大軍だ。

単純計算上でも、未だに五万前後の軍勢がミスト王国南部の国境周辺に鎮座《ちんざ》している状況。

しかも、今後も敵軍が五万のままで済むかどうかは未知数の状態だ。

（野戦に持ち込《こ》むなら殆《ほとん》ど互角《ごかく》の兵力だが、敵が本格的な攻城《こうじょう》戦を選ぶには、少しばかり兵力が足りないのは事実だからな）

問題は、その足りない兵力を策で埋め合わせるか、本国からの増援《ぞうえん》を待つかのどちらを敵将が選んだかだ。

（まぁ、普通に考えれば援軍が派遣されるのを待っているのだろう）

少なくとも、敵の援軍が派兵されない理由は見当たらない。

勿論、南部諸王国の詳細な情報収集は出来ていない状況なので、絶対とは言い切れないだろうが、普通に考えてこの状況で兵を退却させる指揮官は居ないだろう。

（普通にそのまま落とせたはずのジェルムクを意図的に陥落《かんらく》させず、敵軍の誘引《ゆういん》を狙《ねら》ったのに、包囲網を破られたので撤退しましたじゃ、敵将の面目《めんぼく》は丸潰《まるつぶ》れだろう。下手をすれば、敗戦の責任を取らされて斬首《ざんしゅ》って場合だって考えられる）

そして、そんな当然の理屈が分からない程、連合軍を率いる将が愚かだとは亮真は考えていない。

となれば、必然的に結論は一つ。

（問題はどれくらいの兵力を出してくるかだが……）

ブリタニア王国もタルージャ王国も、戦乱絶え間ない西方大陸の中でも特に激戦地と噂《うわさ》される大陸南部に国土を持つ小国だ。

その結果、彼等は生き残る為に、国土の広さに見合わない軍事力偏重《へんちょう》主義を国策として掲《かか》げている。

（少なくとも三万から五万は出てくる事を想定しておいた方が良いだろうな）

ただ、これはあくまでも亮真の予想でしかない。

それも、判断材料となる敵国の情報を集めきれてない状況での予想だ。

ブリタニアとタルージャの両国が戦に対してどれだけ準備をしていたかに因って、援軍の規模は大きく変わってくるだろう。

（もし、両国がかなり前から準備をしていたとなると、最悪十万規模の援軍もありえない訳じゃない……そうなると、如何に城塞に籠《こも》っての防衛戦でも数で押し切られる可能性も出てくる）

それに、開戦当初二万を数えたジェルムクに籠る国境守備隊の兵士が半数近くにまで激減しているという事実が問題だ。

（ジェルムクの兵力が、こちらの想定よりもかなり削られている。籠城戦で守備側であるジェルムクの方が多少は有利だった筈だから、被害《ひがい》はもっと抑《おさ》えられていい筈だが……やはり主導権を敵に奪《うば》われた上、援軍の見込《みこ》みも立たない状況となれば、致《いた》し方ない……か。敵軍もジェルムクの兵力の三倍だったという話だしな）

それに加えて、一線級の将がジェルムク防衛の指揮を執《と》っていなかったというのも大きな理由だろうか。

初手の奇襲により開戦が、ミスト王国側を劣勢《れっせい》にさせたのは事実だろう。

そして、王都エンデシアからの援軍が遅れた為、ジェルムクを守る兵士達の士気が低下し、その分だけ損害が増えたのだ。

そういった諸々《もろもろ》の要因を考え合わせると、早々にジェルムクが陥落しても不思議ではなかっただろう。

（そうなると、やはり数ヶ月もジェルムクが落ちなかったというのが引っかかる……連合軍の将は攻め方を手加減していたと見るべきなのは間違いないが……ただ問題は、何が理由でそれを選んだか……その理由だ。本当に派遣される援軍をジェルムクに誘引して撃退する事を狙ったけなのか？）

その時、亮真の脳裏《のうり》に一つの可能性が浮かんだ。

（ミスト王国側の対応にも、不自然な物を感じるな……そうなるとやはり、この戦は……）

それはあまり考えたくもない可能性。

しかし、亮真の本能が頻《しき》りに警告を促《うなが》している。

やがて、亮真の口から深いため息が零《こぼ》れた。

（まぁ、それに関しては今のところ直《す》ぐには手の打ち様がない話だ……敵の出方を見極《みきわ》めてから対処するしかないだろう……）

そんな事を考えつつ、亮真は手の中の双眼鏡に視線を向けた。

（こっちの期待通りの性能だ。俺の適当な説明から良く具体的な形にまで落とし込んだものだ。流石はネルシオスさん……仕事が確実だな）

黒エルフ族に頼《たの》んで作らせたこの双眼鏡には、視力強化に加えて暗視機能や遮光《しゃこう》機能、更《さら》には防水機能や曇《くも》り止め防止等が付いた優《すぐ》れものだ。

その上に、ウォルテニア半島に生息する怪物達から採取した素材を用いる事に依《よ》って、抜群《ばつぐん》の耐久性《たいきゅうせい》と軽量化を兼ね備えており、軍用品としては殆ど満点に近い性能を誇《ほこ》っている。

現代社会でも、この双眼鏡の存在が知られれば、各国の軍隊が正式配備を希望する声が殺到《さっとう》する事になるだろう。

そんな逸品《いっぴん》を作り上げた黒エルフ族の付与法術師の手腕に、亮真は素直《すなお》に感心していた。

（今回は戦の準備期間が限られていた所為《せい》もあって随分《ずいぶん》と無理を言ったからな。今度会った時には何か贈《おく》り物を考えないといけないだろうな）

人とは正当な評価を貰ってこそ、骨身を惜《お》しまずに働くもの。

逆に言えば、対価を支払《しはら》わないで人を動かす事は出来ない。

勿論、亜人種《あじんしゅ》である黒エルフ族は人間ではない。

そういう人種差別的な思想を持つ人間からすれば、対価を払《はら》うなど意識の外だ。

いや、働かせるという意識すら持てないかもしれない。

それこそ、野性の獣《けもの》か怪物などと同様に、ただ打ち払うべき異物だと認識している可能性すらある。

実際、西方大陸に暮らす大多数の人間にとって、亜人種は聖戦に敗れた劣勢種族という意識が少なくないのだ。

だが、知恵《ちえ》を持ち、情を理解する亜人種に対しては種族への偏見《へんけん》を持たず、対等の人として接するべきだろう。

（ただまぁ、それは一朝一夕《いっちょういっせき》では無理だろうな）

人のもつ固定概念《がいねん》を覆すのは容易ではないのだから。

そして、それは黒エルフ族の族長であるネルシオスや、亮真も十二分に理解している。

それを理解しているからこそ、基本的に黒エルフ族はウォルテニア半島から出ないし、人間社会との交流を好まない。

唯一《ゆいいつ》の例外は、御子柴大公家との付き合いくらいだろう。

そして、人間社会と御子柴大公家を通してでしか関係を持たない以上、黒エルフ達への報酬《ほうしゅう》を金品で支払う意味はあまりない。

勿論、何《いず》れは彼《かれ》等黒エルフ族を始めとした亜人種達《たち》も、正式に御子柴大公家の領民となる。

そうなれば、貨幣《かへい》は必要になるだろうが、今のところは物々交換《ぶつぶつこうかん》が主流なのだ。

そもそもとして、セイリオスの街でしか貨幣を使用する機会が亜人種である彼等にはないのだから。

(そうなると、またシモーヌに命じて交易品を融通《ゆうずう》する方が良いだろう……まぁ、下手に金や宝石を贈っても装飾品《そうしょくひん》以上の価値が無いから当然だろうけれどな)

酒、煙草《たばこ》、お茶に砂糖を使った菓子《かし》の他に、胡椒《こしょう》を始めとした香辛料《こうしんりょう》など、ウォルテニア半島では手に入りにくい嗜好品《しこうひん》や食材に黒エルフ族は夢中だ。

聖戦に敗れ、魔境《まきょう》と呼ばれる様な土地に五百年近くもの間、逼塞《ひっそく》した生活を余儀《よぎ》なくされてきた黒エルフ族にとって、それらの嗜好品はまさに文明の香りであり、何よりも重要な価値を持ち始めているのだろう。

それはある意味では、依存症《いそんしょう》に近いとも言えるかもしれない。

数百年もの間、我慢《がまん》してきただけあって、その欲求が解放された今、歯止めが利《き》かなくなってきているのだろう。

（それに、黒エルフ族は人間を遥かに超える長寿《ちょうじゅ》なんだ。そんな長い一生を生きていく以上、楽しみが無ければ逆に地獄《じごく》だろう……な）

不老長寿《ふろうちょうじゅ》は人間にとって決して手の届かない夢だが、実際に千年近い生を生きる黒エルフ族にしてみれば、ただ生き残る為だけの生活など夢ではなく悪夢に近いだろう。

ただ生きるのと、幸せに生きるのとではまったく意味が違ってくるのだから。

そして、そんな黒エルフ達の反応は、亮真がネルシオスに交渉《こうしょう》を持ち掛けた段階から予測していた結末に過ぎない。

（まぁ、実際俺自身がそうだからな……）

元々亮真は浩一郎《こういちろう》の影響もあって、年に似合わず美食を好んでいたのは事実だ。

だが、この大地世界に召喚《しょうかん》されて以降、美味《うま》い物を食べたいという欲求は日本に居た頃《ころ》の何倍にも膨《ふく》れ上がり尽《つ》きる事が無い。

それは、手に入らない事を理解しているが故の渇望《かつぼう》だろう。

（だからこそ、一度手に入れた物は絶対に失いたくなくなる……ましてやそれが、自分の好みと一致《いっち》するとなれば猶《なお》の事《こと》……な）

何しろ、日本での生活と比べて、この大地世界は劣悪《れつあく》としか言いようがない生活環境《かんきょう》だ。

勿論、大地世界の文化や技術の全てが地球よりも劣《おと》っているとまではいわないが、日常生活という点では比べるのもおこがましいだろう。

水一つでも、蛇口《じゃぐち》を捻《ひね》れば飲料水が手に入る日本と、井戸から水を汲《く》み上げて使う大地世界では利便性がまるで違うのだ。

しかも、大地世界では基本的に水は一度煮沸《しゃふつ》しなければ飲み水として使えない。

一部では付与法術を使用した安全な水も提供されているが、それはあく迄《まで》も貴族階級や、豪《ごう》商《しょう》と呼ばれる様な存在が居住する区画だけの話だ。

たかが飲み水一つをとっても、そんな状況なのだ。

そういう大地世界の状況を考えれば、現代日本の生活水準はまさに天国というより他にないだろう。

（美味《ま》い不味《ず》いの批評は有っても、日本の水道水の安全性は世界一という話だしな）

生命維持《いじ》に欠かせない水の確保ですら、大地世界では多大な労力を必要とするのだ。

ましてや、日々の生活に直結しない嗜好品や、文化芸術に関しての水準は口にするだけ野暮《やぼ》というレベルだろう。

（勿論、大地世界に優れた芸術品や料理が皆無《かいむ》という訳ではないが……）

ローゼリア王国の王都ピレウスに聳《そび》える王城には、宮廷《きゅうてい》画家が心血を注いで描いたという歴代国王の肖像画《しょうぞうが》が壁《かべ》に掛けられている。

如何《いか》にも仰々《ぎょうぎょう》しい描写《びょうしゃ》の画風に対して個人的には思うところが無い訳ではないが、好きか嫌《きら》いかはさておいてその画家の技量が優れている事は容易に見て取れるだろう。

同じ様に、料理にも素晴《すば》らしい味わいの物が存在している。

ただ、その数が余りにも少ない上に、特色や独自性に優れているかと言われると、残念ながらそうとは言えないというだけの事だ。

そして、母数その物が少ないという事は、それだけ全体の質も下がるという事に他ならない。

まさに玉石混交といったところだろうか。

やはり、技術の向上には切磋《せっさ》琢磨《たくま》が必要不可欠なのだろう。

（それこそ、川で砂金取りをする様なものだろうな……ただ、かなり砂の割合が多いがね）

それに、レベルの高い芸術作品だとしても、必ずしも亮真の趣味《しゅみ》に合うとは限らない。

印象派、新古典主義、写実主義に象徴《しょうちょう》主義。

それ以外にも多くの画派があり、画家が存在するが、その全てが好きという人間は少ない。

大半は好きと言いつつも、二つを比べればどちらかの方がより好きだと言うだろう。

人の好みは千差《せんさ》万別《ばんべつ》であり、それを満たすには膨大《ぼうだい》な数の母数が必要となるのだ。

そしてこれは、料理にも同じ事が言えるだろう。

だからこそ、一度味わってしまった嗜好品は、どうしても手放せなくなる。

絶対に買えないほど高価だったり、現物が手に入らない程の希少品だったりするならば、まだ諦《あきら》められるかもしれないだろうが、なまじ多少の努力で手が届くとなれば猶の事《ことほ》欲しくて堪《たま》らないだろう。

そういう意味からすれば、亮真の手の中にある双眼鏡の様な特殊《とくしゅ》で手間の掛かる品でも、黒エルフ達は必死で製作してくれるし、性能向上にも非常に前向きに取り組んでくれる。

まさに、共存共栄といった所だろうか。

（ただまぁ、問題が無い訳じゃあ無い……）

勿論、彼等が作った武具や付与法具、秘薬などの品質に問題が有る訳ではない。

いや、逆に品質は高すぎる位だというべきだろうか。

では何が問題なのかと言えば、それは製作に掛かる時間と材料の入手が簡単ではないという点と、出来上がった製品の品質に若干《じゃっかん》の差が生じるという点だろう。

何しろ、それらの武具や秘薬は黒エルフ族でも数少ない熟練した付与法術師《ほうじゅつし》によって手作業により製作されている。

当然、品質を担保する為には、それ相応の時間が掛かる事になるだろう。

それに加えて、材料となる怪物も問題だ。

採取対象となる怪物にはギルドが設定した危険度が定められているが、その危険度は殆どがBランク以上と高めであり、討伐《とうばつ》するにはそれなりの準備と時間が必要になる。

必然的に、現時点では大量生産が不可能なのだ。

それは、鎧兜《よろいかぶと》に剣などの武具や秘薬と呼ばれる医療品《いりようひん》も同じ。

年単位で生産しているので、今のところは全軍に行き渡《わた》るだけの数を保有しているが、一度戦が始まれば、恐《おそ》ろしいほどの速度で消えていくだろう。

戦争とは資源《リソース》の消耗戦《しょうもうせん》なのだから。

そう考えると、在庫はある程度確保しておきたいというのが正直なところなのだが、現在のところそれは中々に難しい。

（何しろ、この双眼鏡や以前作製させたハンググライダーなんかは、作製にかなり手間が掛かるという話だ……本来ならもっと生産して貰って手元に確保しておきたいところだが……こればかりは金や物を支払えば済むって話ではないからなぁ）

そして、ただでさえ時間と手間暇《てまひま》が掛かるにも拘《かかわ》らず、彼等は悪い意味で手を抜《ぬ》こうとはしないのだ。

それはまさに職人としての誇《ほこ》り。

勿論、個人所有の一点物として考えるのであれば、現状でもさほど問題にはならないだろう。

基本性能は素晴らしい物なのだから。

だが、軍という集団に支給する事を前提に考えると、その性能に若干でもバラつきが生じるというのは無視出来ない課題となる。

（とは言え、どうしても人の手で作るとなると、出来栄《ば》えに差が出て来るからな……）

勿論これは、職人による手作業を批判している訳ではない。

特別高性能な物や、高価な材料を用いる場合は、熟練した職人の手に依るオーダーメイドの方が良いのは確かだ。

実際、使用者の体格によって最善が変わる武器や鎧兜は、金銭的な問題を考慮《こうりょ》しなければ職人に注文して作るのが大地世界でも一般的《いっぱんてき》だ。

だが、軍隊の様に多くの人間に均一の出来栄えを維持した品を配給する場合に、向き不向きで考えるならば、職人による手作業によってつくられた製品という物は残念ながら不向きと言わざるを得ないだろう。

（ただまぁ、ネルシオスさんの話を聞く限り、付与法術師って人種は基本的に職人気質《かたぎ》な人間が多いらしいし……まぁ、彼等は人間というか亜人種だが……）

亮真としては、工業化による大量生産は不可能でも、早急《さっきゅう》に技術をマニュアル化の上、熟練した付与法術師の負担を下げたいところではある。

それに、何も全ての工程をマニュアル化しろと言っている訳ではないのだ。

いや、亮真自身もそんな事が可能だとは端《はな》から考えてはいない。

（ズブの素人に任せるというのは言い過ぎでも、見習いの術者でも対応出来る作業は有る筈だからな……任せられるところは任せておいて、仕上げを熟練の付与法術師が行う形にするだけでも、生産数は増える筈なんだが……はてさて……）

だが、現時点でそれを提案すれば、自分の仕事に誇りを持っている付与法術師達の心情を悪化させかねない。

しかし、だからと言って何の手も打たなければ、後進の人材は何時《いつ》まで経《た》っても育たないし、生産数も増えないのだ。

これは、現代社会にも共通する問題だと言える。

（そう言えば、飛鳥《あすか》の親父《おやじ》さんも、良くぼやいていたっけ）

何年も顔を合わせていない親族の顔が亮真の脳裏に浮かんだ。

桐生《きりゅう》飛鳥の父親である桐生健介《けんすけ》は大手施工《せこう》会社に勤めているサラリーマンで、住宅の建築などが専門の現場管理者として働いている。

流石《さすが》に、桐生健介が務める様な大手施工会社ともなれば、大学卒業後の新人に対して行う基本的な社員教育はマニュアル化されているので、然《そ》う然う問題になる事は無いのだが、世の中にはそういった教育に関して費用を投資したがらない会社も結構多いのだ。

そして、この住宅関係の仕事では下請《したう》けや孫請《まごう》け会社を使う事が多いのだが、そういった会社の中には未だに昭和の時代のノリで弟子《でし》を育てようとする職人気質の親方が居るというのが問題だった。

具体的に言えば、親方や先輩《せんぱい》の仕事を目で盗《ぬす》めと言う奴《やつ》だ。

そして、職人の仕事を目で盗むのも、武術において師の動きを模倣《もほう》する見取り稽古《げいこ》も本質的には変わらない。

亮真自身、御子柴流の技を浩一郎から仕込《しこ》まれた際に、手取り足取り教わった記憶《きおく》は少ない。

どちらかと言えば、伝書に書かれた型の動きと実際に浩一郎がその技を仕掛ける際の手捌《てさば》きや足捌《さば》きを横でみながら、自分の体で再現していく事の方が多かった。

武術の修練となると、個人の感覚が最も重要になる為、その辺は仕方ないだろう。

(まぁ、見取り稽古の重要性は否定出来ないからなぁ……実際、俺もそうやって爺《じい》さんから仕込まれた訳だし)

何度も実践《じっせん》と失敗を繰《く》り返して身に付けた技術は裏切らない。

また、そういった地道な積み重ねの果てにしか辿《たど》り着く事の出来ない境地は現実に存在する。

それは、武術の修練も、職人技《しょくにん》の習得にも同じ事が言えるだろう。

実際、亮真がまだ日本にいた頃に放送されていたTV番組で、手作業によって巨大《きょだい》な円盤《えんばん》を作る板金職人が紹介《しょうかい》されたのを見た事がある。

それは日本の技術力を紹介するという良くある番組で、巨大な金属のヘラを回転する円盤に押《お》し当てるというヘラ絞《しぼ》りという職人の手作業によって、機械では無しえないとされる精密さを実現させるという内容だったが、その番組で紹介された技術はまさに、職人技の極致《きょくち》と言えるだろう。

その並々ならぬ研鑽《けんさん》の積み重ねを見て、亮真は素直に感動したのを今でも覚えている。

もっとも、亮真がこの大地世界に召喚されてから既に数年が過ぎているので、未だに職人が手作業で製作しているのかまでは不明だ。

案外、全ての職人の行動をモーションキャプチャしてデータ化した上で、機械による再現を可能にしている可能性だって考えられるだろう。

(当時でも、既に後継者《こうけいしゃ》不足でそういった職人技をデータ化して機械による再現をしようという試みがあったって話だしな)

とは言え、そのデータ化の為には、一度は職人の手で現物を作って見せ、その過程を詳細《しょうさい》に記録する必要がある。

その為には、どうしても熟練の職人という存在が必要不可欠であり、そういった職人技でなければ作り出す事の出来ない物が存在するのだ。

それは言葉では説明しにくい微妙《びみよう》な変化を、蓄積《ちくせき》された経験と勘《かん》によって微調整《びちようせい》しながら理想の形へと近づける職人の技術であり、ある意味では芸術と言っても良い。

そういう意味からすれば、意味も分からないままマニュアル通りに作業をするだけでは決して到達《とうたつ》する事の出来ない境地が存在するのは事実。

当然、その境地に辿り着くには、血を吐《は》くような努力と終わりのない試行錯誤《しこうさくご》を繰り返しながら苦難の道を歩む覚悟《かくご》が必要になる。

それは、まさに苦行と言っていいだろう。

だが、それが職人になるという道なのだ。

(ただ、それが万人に教える際に適切な手段かというと……どうだろう。まぁ、職人は育つかもしれないが、会社員は育たないだろうな)

この職人の目で盗めと言う教育方法も、武術で言う見取り稽古という方法も、対応出来る人間と出来ない人間が如実《によじつ》に分かれてしまう方法なのだ。

いや、その過程でその人間が今後の修行《しゆぎよう》に堪《た》えられるだけの覚悟と才能を持っているかを見極める期間として存在しているのだから、それも当然だと言えるだろう。

ただ、そういった教育方法は専門家の育成という意味からすれば一定の効果が見込まれるものの、一般的な会社での社員教育には向かない方法と言える。

実際、桐生健介はそういった親方や先輩の指導を嫌って転職してしまう新人が多いと良く嘆《なげ》いていたものだ。

問題なのは、その仕事に生涯《しょうがい》を捧げる覚悟を持つ職人なのか、単に金銭を得る手段の一つとしての仕事と考える人間なのかという点だ。

単純に自分がそういう教え方をされたからという親方や先輩も多いが、元々の考え方は会社で言うところの入社試験の様な物だろう。

ただそれが、現代社会に近づくにつれて、本来の意味合いが少なくなり形骸化《けいがいか》してしまった事が問題なのだ。

(個人的には、門戸を広く開けて人を集めた上で、一部の才能のある人間を選別した上で専門教育を施《ほどこ》せばいいと思うんだけどなぁ。生産性だって、部分的にマニュアル化や流れ作業で対応して、職人技が必要な最後の部分だけを術者が対応する形にすれば、今よりも大分あがると思うんだが)

しかし、それは幾《いく》ら亮真が命じたところで改善される事はまずない。

作製者である本人達が必要性を認識《にんしき》していないのだ。

反発を露《あら》わにするか、表面的には従った振《ふ》りをして、ほとぼりを冷まそうとするかのどちらかになるのは目に見えている。

彼等自身が納得《なっとく》しない限り、本当の意味で生産体制が改善される事はないだろう。

無理に強要すれば、折角《せっかく》今日まで築き上げてきた友好関係にも罅《ひび》が入りかねない。

(業務改善や運用改善って奴は、難しいって話らしいからな)

亮真自身は未だに会社勤めなどをした経験が無いので本当のところは分からない。

だが、参考になりそうな事例は、インターネットや書店のビジネス書の棚《たな》を少し眺《なが》めていれば腐《くさ》る程見つける事が出来るのだ。

そしてその多くが、現場を知らない上司の改善提案に右往左往する部下という描写が殆どだ。

（実際、現場の稼働《かどう》を考慮しない改善ほど、虚《むな》しく危険なものはない）

良かれと思った改善提案が、現場の負担を重くし、生産性や安全性を下げてしまうなんてことは良くあるのだ。

特に、運用効率を無視した煩雑《はんざつ》過ぎるマニュアルを作ると、現場は良く裏マニュアルなどを作ってしまう。

それは一種の手抜《てぬ》きであり、意識が低いと咎《とが》める事も出来るだろうが、同時にそういった手抜きをしなければ回らない作業量を上司が部下へ求めていたりする事が原因な場合も多い。

その作業を行う必要性や合理性に対しての検討がいい加減なまま、現場の運用に回した場合に往々にして起きやすい展開。

まさに、現場を理解しない上司や外部の人間が口を出すと、碌《ろく》な事にならないのがお約束の結末だ。

（ただ、現場の声っていうのをあまり意識し過ぎると、抜本的《ばっぽんてき》な改善は出来ないからなぁ）

企業《きぎょう》はあくまでも集団だ。

そして何を目的とした集団かと問われれば、複数の社員が集まり利益を出す集団という事になる。

社会貢献《こうけん》などの耳障《みみざわ》りの良いお題目を掲げる企業も多いが、企業の本質は利益を上げる事に尽きるのだ。

逆に利益が出せない企業は倒産《とうさん》するか、支出を減らして経費を削減《さくげん》し延命するしかない。

そして、企業が延命する手段で最も選択《せんたく》し易《やす》く効果が高い方法は一つ。

すなわち人員整理《リストラ》という事になるだろう。

だが、それを好んで受け入れる社員は然う然ういない。

必然的に、企業の上層部は社員の都合ではなく会社の存続の為に、彼等の人生を切り捨てる訳だ。

（それは、社員の都合や意見を聞き入れていては行えない処断。まぁ、俺が知る限り日本の今の風潮では、そこまで無責任な解雇《かいこ》をする会社も少ないだろうが……それでも、本質的には変わらない……）

勿論《もちろん》、これは人員整理の話ではあるが、現場の声だけを重視して運用をすると、利益が出にくかったり、情報セキュリティという観点で問題が出てきたりする事もあるのだ。

結局、大切なのは会話と説明。

そして何が目的なのかを明確にする事であり、出来れば上司は現場の作業内容や流れを理解するべきだろう。

とは言え、それをするには時間も手間も掛かる。

いや、そもそもとして亮真自身がネルシオスや彼の配下の付与法術師達と話をする時間が絶対に必要となるが、今現在でそれは不可能。

何しろ、亮真はウォルテニア半島からはるか南に位置する、城塞都市ジェルムクに居るのだから。

（どちらにせよ、その辺は今後の課題だな……まぁ、その辺りは爺さんが上手《うま》い事やってくれる事を期待するしかないだろう……まぁ、最悪変に関係を拗《こじ》らせないでくれればそれで良しとするしかない……か）

その時、慌《あわ》ただしい足音と共に、伝令が櫓の上に駆《か》け上って来た。

その様子から察するにかなりの急報らしい。

ただ、伝令の顔に浮《う》かぶのは不安や恐怖《きょうふ》ではなく歓喜《かんき》と安堵《あんど》であるところから察するに朗報らしい。

そして、伝令の報告を聞き終えたローラが亮真に耳打ちをする。

「今、北側の城壁より伝令が。ミスト王国の旗を掲げる一団がこちらに向かって来ています。兵数は三千程。その後方には輸送隊が続いている様です」

その言葉に、亮真は双眼鏡から目を離《はな》すと、一瞬怪訝《いっしゅんけげん》な表情を浮かべる。

そして、亮真は事態を噛み分けるかのように一人呟《つぶや》く。

「成程《なるほど》……どういう形で収めるのか気になっていたが、結局そうなったか……少しばかり想定外な展開だが、仕方がない……な」

重苦しい沈黙《ちんもく》が場を支配していた。

そして、その空気の発生源は若き覇王《はおう》から放たれる冷徹《れいてつ》で鋭《するど》い刃《やいば》の様な空気。

実際、その空気に当てられて伝令は体を小刻みに震《ふる》えさせていた。

だが、それも時間にして数秒程度だろうか。

やがて、事態の凡《おおよ》そを把握《はあく》した亮真は、冷ややかな笑《え》みを浮かべながら命じた。

「悪いが、ローラはランドール隊長に連絡《れんらく》して、早急に軍の受け入れ態勢を整えさせてくれ。北側の見張りからも報告が上がっているとは思うが、念《ねん》の為に……な」

それは、本来であれば越権行為《えつけんこうい》に近い命令だろう。

所詮《しょせん》、御子柴亮真はこの戦では援軍《えんぐん》の将でしかないのだから。

だが、如何《いかん》せん今のジェルムクの守備隊を束ねる、ハンス・ランドールは些《いささ》か将としての器量に欠けている。

無能とは言わないが、極《きわ》めて凡庸《ぼんよう》な人物。

今では臨時という事で暫定的《ざんていてき》に城塞都市ジェルムク防衛の指揮を執っているが、本来は千人規模の大隊を指揮する大隊長クラスの人材だ。

大分数を減らしたとはいえ、万を超える兵士の指揮など執った経験などないし、その器量も持ち合わせてはいない。

ましてや、今のジェルムクは戦時体制下であり、通常の行政は大きく滞《とどこお》っている。

必然的に、ジェルムク防衛の指揮を執っているランドールの負荷《ふか》は右肩《みぎかた》上がりという訳だ。

その上、ハンス・ランドールという男は、体面を気にする傾向《けいこう》が強い。

特に、援軍の将である御子柴亮真に対しては、危急を救って貰《もら》った恩を感じる一方で、自らの立場を脅《おびや》かされるという不安の色が見え隠《かく》れしているのが問題だろう。

実際、今のジェルムクに於《お》ける最高位の権威者《けんいしゃ》が御子柴亮真であるという事実が、そんなハンスの不安を助長してしまっている。

確かに、ハンス・ランドールはミスト王国の指揮系統上、城塞都市ジェルムクの防衛に於いて最高位の責任者であり権力者だが、そんな彼以上の権威者の出現が、軍の統制を揺《ゆ》るがしていた。

そして、その事をランドール自身が自覚している。

そういう状況《じょうきょう》下では、ちょっとした行き違いがとんでもない事態を引き起こしやすいのだ。

(こういうタイプの人間は要注意だ。この手の情報連携《れんけい》で齟齬《そご》が生じると、後々面倒《めんどう》になりかねないからな)

勿論、本当にハンス・ランドールが無能であれば、対処方法を考えただろう。

方法は幾らでも考えられる。

武力で脅迫《きょうはく》しても良いし、金で懐柔《かいじゅう》しても良い。

最悪の場合は、伊賀崎《いがさき》衆に命じて消えて貰えばよいだけの事だ。

何しろ、今はブリタニアとタルージャの連合軍との戦の最中。

将兵の死体などそこら中に転がっているし、城壁《じょうへき》の外には物言わぬ躯《むくろ》が幾らでも眠《ねむ》っている。

そんな戦時下でなら、人一人処分する名目など幾らでも作る事が可能だ。

(それこそ敵前逃亡《とうぼう》を企《くわだ》てた事にするか、敵軍と内通しているとでも言えば、それで済むから……な)

勿論、亮真としても同盟国の人間にそんな非道な手段は用いたくはない。

多くの人間が勘違《かんちが》いをしているが、御子柴亮真という人間は基本的に理性的で理知的なのだから。

また、非常に義理人情に篤《あつ》い性格でもあるだろう。

とは言え、出来るか出来ないかを問われれば、出来るというのが事実だし、必要なら非情で非道な手段を行使する事を躊躇《ためら》わないだけの覚悟も有る。

(だがまぁ、今回はそこまでしなくても良いだろう)

ランドールは将として凡庸ではあるが、多大な犠牲《ぎせい》を支払ったにせよ、何時援軍が到着《とうちゃく》するかわからない中で、二ヶ月近くもジェルムクを守り抜いて見せた実績があるのは確かだし、ミスト王国への忠誠心もかなり高いと言える。

(勿論、その戦功自体は事実だが、本当の意味でハンス・ランドールの功績かと問われると微妙なのは確かだろうけれども……な)

亮真としては、敵の将が意図的にジェルムクを陥落させなかったのだと見ている。

だが、それはあくまでも個人的見解であり何の証拠《しょうこ》もない話だし、恐らく証明の仕様がない仮定でしかない。

極論、亮真はハンスの戦功を妬《ねた》んでケチをつけていると思われても仕方がないのだ。

だから、ランドールに今の仮定を告げれば、間違《まちが》いなく反発と憎悪《ぞうお》を買う事になるのは目に見えている。

また、自分達《たち》の指揮官であるランドールの能力に疑問符《ぎもんふ》が付くとなると、ジェルムクに籠る兵士達の士気にも影響《えいきょう》するだろう。

それに加えて、現在生き残っているミスト王国一万の兵の指揮を誰《だれ》が執るのかという問題点も残る。

（そうなると、この状況下でランドールを安易に排除《はいじょ》しちまうのは悪手だろうから……な。まあ、今のところこちらが多少譲歩《じょうほ》すればそれで済む話だ）

要は、ランドールの面子《メンツ》を出来るだけ立ててやれば良いのだ。

そんな亮真の意図を察したのだろう。

ローラは無言のまま小さく頷《うなず》くと直ぐに踵《きびす》を返した。

その横で、サーラがその美しい顎《あご》に指を当てながら首を傾《かし》げて見せる。

こちらはこちらで、姉の口から伝えられた伝令の報告に、些か釈然《しゃくぜん》としないものを感じているのだ。

実際、サーラが抱《いだ》いた疑問や違和感は正しい。

少なくとも、戦術や戦略に多少でも知識が有れば、違和感を抱かない方が不思議だとすら言える。

「どういう事でしょう？　こちらが籠城戦で物資を消費しているのは王都側も理解しているで

しょうから、輸送隊に関しては理解出来ますが……この状況で僅《わず》か三千の援軍とは……あくまでも先鋒《せんぽう》隊という事なのでしょうか？」

その言葉に若干の棘《とげ》と不信感が混じっているのは、決して亮真の気の所為ではない。

（サーラが俺《おれ》の前でそんな感情を僅かでも表に出すのは珍《めずら》しいな）

とは言え、それは当然の疑問であり不満だ。

武具や兵糧《ひょうろう》の補給は当然必要だが、今の戦況《せんきょう》で援軍が三千程というのは余りにも少ない兵力だから。

両軍合わせて十万を超《こ》える軍勢がぶつかり合う戦なのだ。

本気で戦局を動かしたいのであれば、やはり最低でも万単位の軍が無ければ何も出来ないだろう。

だが、現実的にミスト王国が送ってきたのは三千程の援軍。

それは、自国の領土防衛戦において前線へ送《おく》り込む兵数としては極めて異例と言えるだろう。

（同盟国からの派兵ならばともかく、とてもじゃないが敵国に攻《せ》め込まれている国が出す兵力じゃない……この数だけ見ればミスト王国はジェルムク防衛の意思が無い様にすら見えるだろう……な）

とは言え、既に亮真はもう一つの可能性について辿り着いている。

しかし、それは現時点ではあくまでも予想に過ぎない。

「まぁ良い、直接会えば疑問は直ぐに解けるさ」

そう言うと、亮真はサーラの頭を軽く撫《な》でる。

そして、北の城門へ向かって歩き始めた。


重苦しい音を響《ひび》かせながら、城塞《じょうさい》都市ジェルムクの北門の跳《は》ね橋《ばし》がゆっくりと降りていく。

そして、開け放たれた城門の下を、ミスト王国の国旗を掲げた一団が通り過ぎていく。

先頭を進むのは三千の援軍。

その後ろには、荷馬車が列をなして続いている。

軍の先頭を進む馬上の将の顔を確認《かくにん》し、亮真は苦笑いを浮かべた。

そして、ゆっくりと近づくと声を掛《か》ける。

「やはり、援軍の将は貴方《あなた》でしたか……」

現状、三千ばかりの援軍で戦局を有利に動かす事はまず不可能だろう。

しかし、援軍を率いる将の力量によっては、その不可能を可能に出来るかもしれない。

(まぁ、【暴風】の異名を取り、ミスト王国最強と謳《うた》われる三将軍の一人である、エクレシア・マリネールが援軍を率いるのであれば、その戦力は三千という額面上の兵数以上の戦力になりうるだろうと考えるのは間違いじゃないだろう……な)

とは言え、それはやはり戦術的には定石とは言えない。

奇策《きさく》、或《ある》いはもっと別の理由が有ると見るべきだろう。

「結局、エクレシアさんが責任を取れという話になってしまいましたか……予想通りとはいえ、貧乏《びんぼう》くじを引かせてしまいました……」

そんな亮真の問いに、エクレシアは馬から降りると肩《かた》を竦《すく》めて見せた。

「えぇ……まぁ、それに関してはお気になさらずに。援軍の将である大公閣下にミスト王国として外交的欠礼の責任を取らせるのは悪手でしかありません。それよりは、自国の中で処理した方が外交的にも収まりが良いのは事実ですから」

「申し訳ない」

そう言うと、亮真は深々と頭を下げる。

勿論、こういう展開になる可能性は初めから分かっていたのだ。

いや、最悪の場合はエクレシアの投獄《とうごく》や自宅軟禁《なんきん》も考えられたので、それに比べればまだマシと言えなくもないだろう。

だが、実際にこういう結果になれば、亮真としても平然とはしていられない。

ミスト王国側の決断を愚《おろ》かだとは思う。

だが、国家としてのケジメを何らかの形で取る必要がある事は分かっていた。

そして、そのケジメとは誰かが責めを負う事でしか果たせない事も理解はしている。

(エクレシア自身もリスクは承知の上だったとはいえ、それで済む話でもないからな)

それは道義的な責任だろうか。

勿論、今でもあの策がジェルムク救援《きゅうえん》には絶対に必要だった事に関しては絶対の確信をもっているが、だからと言ってエクレシアが支払う事に成った代償《だいしょう》が消え去る訳ではないし、その犠牲を目にしておきながら平然と受け入れる訳にもいかないのだから。

だがそんな亮真に対して、エクレシアはゆっくりと首を横に振って見せた。

「貴方の提案に乗った時からこうなる事は覚悟していたのだから、気になさらなくて良いわよ。それに、こちらの想定以上の戦果を上げてくれたみたいだし……ね」

どうやら本心からの言葉らしい。

「分かりました。では、謝罪は此処《ここ》までとして……」

その言葉に、亮真は小さく頷く。

そして、亮真はエクレシアへ鋭い視線を向けた。

それは今まで謝罪をしていた人間とは思えない程に冷たく、エクレシアに対して中途半端《ちゅうとはんぱ》な回答は許さないと告げている。

とは言え、亮真としても、これから尋《たず》ねる問いに対しての回答如何《いかん》では、身の振り方《かた》を考えなければならなくなる。

(何しろ、うちの兵士達の命が懸かっているからな)

兵士の仕事は戦場で戦う事。

その仕事の中には、敵を殺す事の他に、自分の命を奪《うば》われる事まで含《ふく》まれている。

そして、将の仕事は兵士に命を懸けて戦えと命じる事なのだ。

そしてそれは、兵士達に死ねと命じる事と表面的には似ているが、根本的な部分で大きく違《ちが》っているのだ。

重要なのは、兵士達に命を懸けて戦えと命じるだけの根拠《こんきょ》。

それが無くては、如何に亮真としても兵士達に戦えとは言えないだろう。

「エクレシアさんが前線に来たとなると、後に続く援軍の編制は何方《どなた》が？　まさかこれだけというわけではないですよね？」

それは極めて当然の問いだった。

如何にエクレシア・マリネールが【暴風】と謳われる程の名将であろうとも、僅か三千の兵力では出来る事は限られる。

精々が、亮真と連携して時間を稼《かせ》ぐ事くらいだろう。

（それに、エクレシアさんが前線に出るには軍の編制を終わらせるか、誰かに仕事を引き継ぐしかないが……）

しかし、それが出来るのであれば、最初からエクレシアはジェルムクに赴《おもむ》き、前線で指揮を執っていた筈《はず》だ。

（エクレシアさんの他に軍の編制が出来る人材がいなかったからという話だった筈が……）

とは言え、流石に三千の援軍が全てでは無いだろうと、亮真も思ってはいる。

となると、残る問題は誰が軍編制を引き継《つ》いだかという点に尽きるだろう。

（宰相《さいしょう》のシュピーゲルあたりに引き継いだのか？　或いは、国王自ら乗り出した可能性もあるか？）

だがそんな亮真の予想に反して、エクレシアが口にしたのは意外な人物の名前だった。

「今エンデシアで、デュラン将軍が軍の編制を行っているわ。あの方は王国南部の貴族達から絶大な信頼《しんらい》を向けられているから、ほどなく編制も完了《かんりょう》する筈よ」

「デュラン将軍……もしやアレクシス・デュランですか？」

予想外の名前に、亮真は思わず問い返す。

（おいおい……本当なのか？）

勿論、亮真とてアレクシス・デュランの名前は耳にしている。

ミスト王国の誇る三将軍の中でも、最年長にして最強と噂《うわさ》される将軍の名を知らない筈が無いだろう。

ただ同時に、デュラン将軍はその老齢《ろうれい》から体調を崩《くず》しており、数年前から自宅療養《りょうよう》中の身の筈だ。

（それに、自宅療養というのは建前で、現ミスト国王であるフィリップとの確執《かくしつ》から、長年自分の屋敷《やしき》に閉じこもったまま、王宮への出仕を断り続けているという噂《うわさ》もある人物だった筈だ）

勿論、噂は所詮《しょせん》噂だ。

今の段階で、何が本当なのかは亮真には判断が付かない。

エクレシアの言葉が本当なら、大きな戦力になるのは間違いないところだろう。

しかし、あまりに予想外な人物の登場に、亮真としても判断が付かないというのが正直な所だ。

珍しく困惑《こんわく》の色を浮かべる亮真に対して、エクレシアは笑いながら頷く。

「驚《おどろ》くのも当然でしょうね……私も陛下から話を聞かされて驚いたから……でも、これは本当の話よ。私が直接デュラン将軍と会って引き継いだのだから……閣下は王国の危機を看過出来ず再び戦場に立たれると決意されたのよ。病床《びょうしょう》の身に鞭打《むちう》って……ね」

その言葉に、亮真は一瞬《いっしゅん》返す言葉を失った。

（これが事実なら朗報と言えるが……だが……本当に？）

確かに、この戦にはミスト王国の存亡が掛かっている。

そういう意味では、デュラン将軍の決断は評価するべきだと言えなくもない。

タイミング的にも非常に好都合だと言えるだろう。

（だが、そのタイミングの良すぎる展開というのが問題だ）

亮真の心には何か釈然としないものが生まれていた。

より正確に言えば、亮真の武人としての勘が警告を発している。

だが、今の状況でそれをエクレシアへ告げる事は出来ないだろう。

（ただの勘で、ミスト王国の将軍を疑う訳にはいかない……か）

ましてや、エクレシア自身がデュラン将軍の言葉を全く疑っていないのだ。

仮に亮真が懸念《けねん》を伝えたところで意味が無いのだ。

エクレシア自身がその言葉を受け入れないと分かって居るのだから。

明確な根拠がなければ信じないだろうし、下手をすると誹謗《ひぼう》中傷と言われかねない。

ただどちらにせよそれは、間違いなくミスト王国と御子柴大公家との間に深い傷を残す事に成るだろう。

（仕方がない……エンデシアへ伊賀崎衆を入れて動向を見張るしかないか……ただでさえ手が足りない時期に……めんどくさくなって来たぜ……）

そんな亮真の様子に、エクレシアは首を傾げる。

「何か気になる事でも？」

「いいえ、あまりに予想外の吉報《きっぽう》でしたので……失礼しました」

そう言うと、亮真は素早《すばや》く話題を変えた。

エクレシアの問いに明確な回答が出来ない以上、此処は言葉を濁《にご》すより他にないのだ。

「随分《ずいぶん》と大荷物の様ですが、中身は武具や兵糧ですか？」

「ええ、籠城《ろうじょう》戦で物資を消耗《しょうもう》したでしょうからね。エンデシア近郊《きんこう》の街から食料や武具をかき集めて来ました……それと、籠城戦で疲弊《ひへい》した将兵の慰労《いろう》としてお酒なども……ね」

そう言いながら、エクレシアは背後に連なる荷馬車の列へと視線を向ける。

その視線の先にあるのは数台の荷馬車だ。

荷馬車の頭上に翻《ひるがえ》るのは勿論、御子柴大公家の紋章《もんしょう》である金と銀の鱗《うろこ》を持つ双頭《そうとう》の蛇《へび》の紋章。

それは亮真がエンデシアを発《た》つ前に、ネルシオスへ送る様にと頼《たの》んでいたセイリオスからの積み荷だ。

「それと、セイリオスから送られてきた御子柴大公閣下宛《あ》ての荷物も一緒《いっしょ》にお持ちしましたので、後で確認してください」

そう言うと、エクレシアは封蝋《ふうろう》を施された一通の書状を亮真へ差し出す。

（正直、何時届くか冷や冷やしたが、思いのほか早かったな。シモーヌがセイリオスに船を回してくれたおかげだな)

エクレシアから受け取った書状に素早く目を通すと、亮真は軽く胸を撫で下ろした。

その積み荷こそ、亮真がネルシオスに命じて開発していた秘密兵器。

手間と時間、そして多額の費用を費《つい》やした、まさに亮真が持つ切り札と言えるだろう。

それも、大地世界に於ける戦争の在り方が変わるかもしれない程の品だ。

これが手元に有るか無いかで、亮真が取れる戦術の幅《はば》が格段に違ってくる。

ただ、本来であれば同盟関係にあるとはいえ、所詮は他国であるミスト王国の目のあるところでは、あまり使いたくない切り札ではあるだろう。

(今は同盟関係であっても、明日の事は分からないから……な)

不倶戴天《ふぐたいてん》の敵は存在するかもしれないが、永遠の友人は存在しないのだから。

(だが、この状況下では致《いた》し方ないだろう)

基本的に切り札は温存しておくものだ。

とは言え、安易に使うべきではない一方で、使い時を間違えてはいけないのも事実だろう。

温存しすぎた結果、戦に敗北しましたでは意味がないのだから。

(それに、切り札を使えるという状況が、心に余裕《よゆう》を生むからな)

戦という極限状態の中で、その心理的な余裕は大きな優位性を持っている。

冷静さを欠いた時、人は致命的《ちめいてき》なミスを犯《おか》すものなのだから。

目の前を通り過ぎていく馬車を見ながら、亮真は笑みを浮かべる。

それはさながら、肉食獣《にくしょくじゅう》が獲物《えもの》を見つけた時に見せる様な獰猛《どうもう》な笑み。

そんな亮真を横目に、エクレシアが口を開いた。

「大公閣下に頼まれたから運んでは来たけれど、随分と大荷物ね……単なる武器や食料とは思えないけれど、いったい積み荷が何なのかお聞きしてもいいかしら？」

そう言いながら問い掛けるエクレシアの顔に浮かぶのは好奇《こうき》の色。

何しろ、御子柴亮真が態々《わざわざ》船でセイリオスより運ばせたのだ。

単なる好奇心《こうきしん》以上に興味を惹《ひ》かれるのは当然と言える。

だが、亮真はその問いに対して、沈黙を守ったままゆっくりと首を横に振って見せた。

勿論それは、情報の秘匿《ひとく》という側面もあっただろう。

秘密兵器は存在や効果を秘密にするからこそ意味を持つのだから。

もし事前に情報が敵に漏《も》れてしまえば、秘密兵器の効果は半減してしまうだろう。

だが、そういった機密保持とは別に、亮真は分かっていたのだ。

実際に使用している光景をその目で見ない限り、幾ら亮真が詳細に説明したところで、エクレシアがその言葉を信じる筈が無い事を。

第二章　埋伏《まいふく》の毒

王都エンデシア。

西方大陸東部三ヶ国《かこく》の一角を占《し》めるミスト王国の首都の名だ。

そのエンデシアの一画に設けられたデュラン男爵邸《だんしゃくてい》の門を一台の馬車が通り過ぎる。

そして、玄関《げんかん》には燕尾服《えんびふく》を着た執事《しつじ》とメイド達が来客を歓迎《かんげい》する。

「ようこそおいでくださいました、閣下。主は執務室《しつむしつ》でお待ち申しあげております」

出迎《でむか》えたデュラン家に仕える執事の言葉に、男は小さく頷いた。

「あぁ、何時もの部屋ですな。ありがとう」

そして、特に案内を乞《こ》う様子もなく、男は二階へ続く階段へと足を向ける。

男の年齢《ねんれい》は、五十歳《さい》に手が届くか届かないかと言ったところ。

身長は百七十を少し超えたくらいだろうか。

痩《や》せぎすとまでは言わないが、どちらかと言えば細身な体型をしている。

それに、あまり荒事《あらごと》に慣れ親しむ様な身分ではないのだろう。

嗜《たしな》み程度には体を鍛《きた》えてはいるようだが、傷一つないその手は白い肌《はだ》を保っており、日常的に部屋に籠《こも》る事が多い事を示唆《しさ》していた。

戦士というよりは、文官や官僚《かんりょう》といった風情《ふぜい》だろうか。

均整の取れた体を絹製の仕立ての良い貴族服で包み、金髪《きんぱつ》をオールバックにした初老の男だ。

その口元には、丁寧《ていねい》に整えられた口髭《くちひげ》を生やしており、貴族特有の端整《たんせい》な顔に浮かぶのは、精悍《せいかん》さと意志の強さだろうか。

或いは、見る人によっては傲慢《ごうまん》とも映るかもしれない。

恐《おそ》らく、日常的に人の上に立ち命令を下す立場に居る証だろう。

だが同時に、男からはその傲慢さに比例するだけの何かが宿っている。

それは自信と風格だろうか。

そんな高貴な身分でありながら、従者も伴《ともな》わずに他人の屋敷を歩くというのは少しばかり不自然と言えなくもない。

普通《ふつう》なら、メイドや執事が先導に付くだろうが、それも無いのだ。

客をもてなす上で、あまり褒《ほ》められた態度ではないと言える。

しかし、男の足取りに迷いや躊躇いは見られなかった。

それは、何度もこの屋敷を訪問している証だ。

深紅《しんく》の絨毯《じゅうたん》が敷《し》き詰《つ》められた廊下《ろうか》を、男はゆっくりとした足取りで歩いていく。

やがて、男の足がとある扉《とびら》の前で止まった。

男の手が扉へと近づく。

だが、男が扉を叩《たた》く前に、中から声が掛けられた。

「宰相殿《さいしょうどの》か。扉は開いている。構わんから入ってくれ」

扉をノックする前に男の来訪に部屋の主が気付いたらしい。

（長年戦場を生き抜《ぬ》いてきた歴戦の戦士は五感が研《と》ぎ澄《す》まされていると聞くが、相変わらず、野生の獣《けもの》の様な勘の鋭さだな……）

何しろ廊下は柔《やわ》らかな絨毯で敷き詰められていて足音など聞こえない筈なのだ。

ましてや、この部屋はこの屋敷の主が日常的に使用する執務室であり来客を迎《むか》える応接室もかねている。

当然、かなり広々とした間取りだ。

しかも、男が先日訪問した時と同じ家具の配置であれば、部屋の主が腰掛《こしか》けているであろう執務机《しつむづくえ》の椅子《いす》は、部屋の最も奥《おく》に位置する窓《まど》際に置かれている。

当然、扉とはかなり距離《きょり》が離れていた。

如何《いか》に歴戦の戦士だとしても、普通ならまず気配など感じられないだろう。

（ましてや、こちらは閣下に対して害意が有る訳ではないのだからな）

命のやり取りを経験した人間は勘が鋭くなるのは確かだ。

生死を賭《か》けた修羅場《しゅらば》を潜《くぐ》り抜けるには、そういった能力が必然的に磨《みが》かれていくのだから。

とは言え、それはあくまでも敵意や殺意に対して敏感《びんかん》になるという話。

しかし、男にはこの屋敷の主であるアレクシス・デュランへの敵意や殺意など持ち合わせてはいなかった。

それにも拘《かか》わらず、男の来訪を察したのは、部屋の主が歴戦の戦士などという枠《わく》を超えた領域に到達した数少ない武人である証なのかもしれない。

その証拠に、普通であれば扉の外に立たせておく筈の衛兵の姿もない。

自分の屋敷であるとはいえ、不用心と言えば不用心だと言えるが、それが傲慢と感じさせないくらい、この屋敷の主の技量は高みに達しているのだ。

(或いは、単なる技量の問題ではなく、何か仕掛《しか》けでもあるのか？)

躊躇いと疑問が胸中に過る。

とは言え、部屋の主が入室を許可したのは確かだ。

男としても、このまま扉の前で立ち尽《つ》くしている訳にもいかない。

「失礼します」

そう言いながら、男は扉のドアノブを回した。

その瞬間《しゅんかん》、男の背筋に冷たいものが走る。

部屋の中には一人の老人が机に向かっていた。

老人の名はアレクシス・デュラン。

この屋敷の主にして、齢《よわい》八十を超え九十歳に迫《せま》ろうかと言う老人の名だ。

そしてそれは、この執務室に満ちている息苦しいまでの圧を感じさせる空気の発生源の名前でもある。

(何度お目に掛かっても圧倒《あっとう》されてしまう……この方が放つ圧力と熱量は並の人間のモノでは

ない……)

それは、人としての格の違い。

或いは、生命体としての力の差と言っても良いかもしれない。

勿論、それは目に見えないものだ。

だが、目に見えなくとも人はそれを本能的に理解してしまう。

その結果、大半の人間はこの老人の前で膝《ひざ》を屈《くっ》する事に成る。

そしてそれは、このミスト王国の宰相であり、国王の懐刀《ふところがたな》とも目されるオーウェン・シュピーゲルその人であったとしても変わらない。

(宰相の身でありながら情けない限りだ……だが……)

そもそも、一国の宰相の身でありながら、共も連れずに訪問すると言うだけで異例なのだ。

しかも、屋敷の主は多忙《たぼう》を理由にシュピーゲル宰相を出迎えようともしなかった。

使用人が出迎えてはいるが、それはこの西方大陸に於ける貴族社会の常識で考えれば有り得ない程の欠礼だろう。

場合によっては、宣戦布告と判断されかねない。

だが、それほどの非礼を受けても、シュピーゲル宰相自身は老人に対して不満を感じていないのだ。

(当然だ……この方と自分を比べれば……な)

ミスト王国という組織の役職という意味では、シュピーゲル宰相は目の前の老人よりも高い地位に就《つ》いているのは確かだろう。

一国の宰相と将軍。

どちらもミスト王国の最上級の重要人物であるのは間違いないが、同じ最重要人物でも、そこには明確な上下関係があるのだ。

そして、普通に考えれば一軍の将よりも国家の舵取《かじと》りを担《にな》う宰相の方が、役職と言う観点で見れば上になる。

だが、それはあくまでも役職が持つ上下関係でしかない。

問題なのは、それを踏《ふ》まえた上での人間としての器量と格だろう。

(そして、この老人は私など足元にも及《およ》ばぬ程の力と威《い》を持っている)

アレクシス・デュランは、ミスト王国が誇《ほこ》る三将軍の一人であり、最強の将軍として名高い人物だ。

数多《あまた》の戦場を駆け抜け築き上げたその戦歴と戦功は、常勝無敗の四文字で表されると同時に、綺羅星《きらぼし》の如く光《ひか》り輝《かがや》いている。

実際、アレクシス・デュランに比肩《ひけん》する能力と実績を誇る将は、未《いま》だミスト王国の歴史上には存在しない程だ。

それはまさに国士無双《こくしむそう》という言葉が相応《ふさわ》しい。

或いは、軍神や戦神という形容詞の方が相応しいかもしれない。

もしくは化け物とでも言うべきだろうか。

（実際、この方は人間離《ばな》れしている……）

デュラン将軍は、二十代半ばでミスト王国に仕官して以来、六十年近くを戦場で過ごしてきた老将だが、その年齢にも拘わらず見かけは未だに六十前後でも十分に通用するだろう。

それは、武法術を極めて高い水準で習得している手練《てだ》れの武人が持つ特徴《とくちょう》の一つだ。

身長は百八十を少し超《こ》えた辺りだろうか。

小柄《こがら》とは言えないが、巨漢《きょかん》という程ではないだろう。

少なくとも、体格の利を前面に押《お》し出して敵を圧倒するタイプではないらしい。

だが、少なくとも平均よりは上であり、戦士として十分に恵《めぐ》まれた肉体を天から与《あた》えられているのもまた、間違いないところだろう。

頭頂部は禿《は》げ上がっており、側面や後頭部に白い髪《かみ》が残っているだけだ。

短く刈《か》り込《こ》んだ顎鬚《あごひげ》も同じ様に白い。

そこだけを見れば、歳相応に老いていると言えなくもないだろう。

しかし、その筋肉質で骨太の骨格に張りのある皮膚《ひふ》は、その年齢から考えれば表面化して当然と言える身体的衰《おとろ》えを見る者に感じさせない。

いや、表面的な要因より、老人の体から発散される活力に満ちた生気《プラーナ》が年齢を感じさせないのだ。

そしてそれは、思考力や認知《にんち》力、判断能力などの頭脳の方にも同じ事が言えるらしい。

（机の上に置かれた書類の山を見ても、一目瞭然《いちもくりょうぜん》だ）

シュピーゲル宰相の眼から見ても、うんざりするほどの書類の山なのだ。

それを処理するだけでも気力と体力を消費するだろう。

（ここ何年も屋敷に引き籠っていたとは思えない……な）

まさに、数年のブランクなど感じさせない偉丈夫《いじょうふ》。

実際にアレクシス・デュランをその目で見た人間は、彼《かれ》がつい十日ほど前迄《まで》、病気療養を理由に自分の屋敷に引き籠っていたなど、信じはしないだろう。

「私の方からお呼び立てしたのに申し訳ないが、そこのソファーにでも腰掛《こしか》けて少々お待ち頂けるかな？　急ぎの書類を先に済ませてしまいたいので……な」

その言葉に、シュピーゲル宰相は素直《すなお》に頷いた。

「問題ありませんよ。今この国で最もお忙《いそが》しいのは、デュラン閣下である事は十分に分かっておりますから……お急ぎの仕事を優先して頂いて構いませんよ」

「そうかね……すまんな」

そう言うと、デュラン将軍は再び机の上に視線を戻《もど》す。

実際、今のミスト王国で最も忙しい人物の名前を問えば、アレクシス・デュランの名が挙がるのは間違いないだろう。

勿論エクレシア・マリネールも軍の編制に手間取り日々忙殺《ぼうさつ》されていた。

しかしそれは、援軍を構成する兵士達の供出を貴族達が拒《こば》んだ為《ため》、その説得と調整に時間を取られた為だ。

そういう意味からすると、王国南部の貴族社会に強い影響力《えいきょうりょく》を持つデュラン将軍が陣頭《じんとう》指揮を執《と》れば状況は改善する。

何しろ、その年齢と戦歴を前にして、デュラン将軍の言葉に異を唱える覚悟《かくご》と器量を持つ人間は極めて限られているのだから。

だが、南部の貴族達がデュラン将軍の要請《ようせい》に従うとしても、だからと言って仕事の量が減る訳ではないのだ。

（いや、エクレシアとは正反対の意味で仕事に追われているというのが、状況分析《じょうきょうぶんせき》としては正しいだろう……な）

そんな事を考えながら、シュピーゲル宰相は窓際に設えられている来客用のソファーに腰を下ろしながら、机に向かうデュラン将軍へ探る様な視線を向けた。

（やはり、病に掛かっていた様には見えない。病気療養というのは、王宮への出仕を断る口実……か）

勿論、世の中には見かけは健康そうに見えても、重篤《じゅうとく》な病に罹《り》患《かん》している人間は存在している。

だが、それを理解していても、シュピーゲル宰相の目には、目の前の老人が国王の要請を断るほどの病人とはどうしても思えなかった。

（いや、それは私だけではない……あの時の表情から見て、恐らくエクレシア・マリネールも同じ事を感じていた筈だ）

先日、数年ぶりに顔を合わせる事に成った二人の再会の場にシュピーゲル宰相も同席していたのだが、その時のエクレシアが浮《う》かべた表情はまさに見ものだった。

何しろ、病気療養で長年顔を見せなかった嘗《かつ》ての先輩《せんぱい》であり同僚《どうりょう》が、仕事を引き継ぐ為という名目で平然と自分の執務室を訪《おとず》れたのだから。

（困惑と驚きを隠せなかったのも当然だな。【暴風】と呼ばれる程の女傑《じょけつ》でありながら珍しい事だが……な）

だが、ミスト国王であるフィリップの命令書を携《たずさ》えたシュピーゲル宰相が、援軍の編制作業をデュラン将軍に引き継ぐ様に伝えれば、エクレシアとしても否《いや》も応もないだろう。

（いや、エクレシア殿《どの》は南部の貴族達の反発に相当苦労していたからな……渡《わた》りに船と思ったかもしれない）

エクレシア・マリネールはミスト王国の誇る三将軍の中でも最も年若く、しかも妙齢《みょうれい》の女性だ。

勿論《もちろん》、エクレシアの戦の才能は他の二将に比べて劣《おと》るものではない。

だが、未だに三十歳に手が届くかどうかという若さであるエクレシアと比べると、二将との年齢差《ねんれいさ》は如何ともしがたいものがある。

アレクシス・デュランは九十歳に差し掛かろうかという老齢だし、もう一人の将軍であるカサンドラ・ヘルナーもミスト王国の海軍を束ねる大提督という重職を担う事を考えるとかなり若いと言えるが、それでも既《すで》に四十代前半。

デュラン将軍の方は円熟した深みを持っているし、カサンドラの方は武将として経験と若さの釣《つ》り合いが丁度とれる一番脂《あぶら》がのり切った時期だと言えるだろう。

(それに比べれば、エクレシア殿は発展途上《とじょう》である事はいなめない……それは良く言えば、まだ伸《の》びる余地があるという事でもあるが……未熟とも取れる)

六十歳近くの開きがあるデュラン将軍とは文字通り祖父と孫の様な年齢差だし、比較的《ひかくてき》年が近いカサンドラとでも、一回り近くの年齢差があるので歳の離《はな》れた姉妹《しまい》の様な関係。

同じ三将軍と目されてはいても、その中にはどうしても序列が生まれてしまう。

そして、それが分かっている以上、周囲も彼等三人を完全に同列には扱《あつか》えないのだ。

(それは必ずしも悪い事ばかりではない。エクレシア・マリネールが周囲から軽く見られがちなのは事実だが、その分、意思決定はスムーズになるからな)

完全に同格の人間が存在すると、何か事が起こった際の意思決定に時間が掛かるのが世の常なのだ。

勿論、意見をぶつけ合う事でより良い方法や対処が生まれる可能性はあるが、その分だけ時間が必要となる。

そして大抵《たいてい》の場合、その時間が問題となるのだ。

(特に、今回の様な火急の場合には致命的だ……だが、ある程度序列が決まっていればその問題は解決する)

とは言え、それも問題が無い訳ではないのだ。

（今回の様な状況《じようきよう》では、利点ではなく欠点だけが浮き彫《ぼ》りとなってしまう）

問題は、エクレシア・マリネールという人間の持つ実績と重みだ。

無論、エクレシアが劣っている訳ではない。

しかし、反対の立場の人間を強引《ごういん》に黙《だま》らせて従わせるだけの器量や強引さは未だに発展途上といった所だろうか。

（簡単に言ってしまえば、舐《な》められているのだ。まぁ、年若い女性となれば、致し方ない部分もあるが）

特に、元々反感を持っている南部の貴族の行動や言動には、その傾向《けいこう》が顕著《けんちよ》に表れていると言って良い。

それに加えて、エクレシアの家であるマリネール家の所領がミスト王国北部というのも、大きな問題だった。

（マリネール家の所領であるアンバスチアは交易都市フルザードの北西にあり、ローゼリア王国との貿易路の中継《ちゆうけい》地点として発展してきた土地柄《とちがら》だ。その結果、毎日多くの商隊が行き来し、領内に多額の金銭を落としていく）

必然的に、マリネール伯爵家《はくしやくけ》の経済状況は良好。

いや、良好どころか、その経済力はミスト王国の中でも屈指《くつし》の物だと言えるだろう。

（それに加えて、近年では御子柴《みこしば》大公領との交易でもかなりの利を上げていると聞くしな）

つまり、今のミスト王国内で、最も利益を得ている家の人間と言える。

それはつまり、現状に不満を持つ王国南部の貴族達にしてみれば、敵の親玉の様な物だろう。

(その上、元々王国北部に所領を持つマリネール伯爵家と南部の貴族達との接点は極《きわ》めて少ない)

王都エンデシアで夜会などが催《もよお》される事はあるが、精々が挨拶《あいさつ》を交《か》わす程度。

親交が有るとは到底《とうてい》言えないのだ。

(そしてそれは、交渉《こうしょう》の場では結果を大きく左右する)

同じ内容の話でも、その話をした人間と面識があるかないか、どのくらいの付き合いなのかで、人は態度を変えるものなのだ。

一番分かりやすいのは金の貸し借りだろうか。

肉親や友人ならば多少無理をしてでも工面してやろうと思うかもしれないが、一面識もない人間から借金を申し込《こ》まれても、それを受け入れて金を渡す人間は極めて少ない。

人は利益が無ければ、基本的に動かない物なのだから。

ましてや今回の様な、軍の派兵ともなれば、その負担は並大抵《なみたいてい》のものではない。

それだけの負担を強《し》いるのであれば、それ相応の付き合い方という物が求められてくる。

(だが、エクレシア・マリネールには、それを頼めるだけの関係を築く時間が無かった)

十代後半で先代のマリネール将軍から家督《かとく》と将軍位を譲《ゆず》り受けた女傑は、戦場では抜群《ばつぐん》の才能を発揮したが、親の代から親交のある貴族家との関係維持《いじ》をするだけで精いっぱいであり、新たな友人との親交を温めるだけの時間を持てなかったのだろう。

（当然、今回の様な状況では、話し合いは難航するだろう……な）

本来ならば、そういった遺恨《いこん》や因縁《いんねん》といった個人の利害関係は横に置いて、目の前の脅威《きょうい》に対処しようとするのが人としての正しい道だろう。

賛同するかしないかはさておき、少なくとも間違《まちが》っているとは言われない選択《せんたく》だ。

（だが、人は愚かな生き物だ……祖国が外敵に攻められているというのに、未だに私欲や私情が捨てられずに、団結する事が出来ないでいるのだからな）

それが正しい事だと分かって居ても、それを選べない人間は居る。

いや、正しい選択を選べない人間の方が多いだろう。

それは人の持つ欲望に影響《えいきょう》を受けるからだ。

それはある意味、人間という種の強さであると同時に限界なのかもしれない。

（だが、だからこそ人は強くもなれる。欲望を持つからこそ、人は生きていける……）

愚かだとは思う。

欲望に振《ふ》り回され人としての道義や理を踏み外《はず》す人間達《たち》を、シュピーゲル宰相はその目で嫌というほど見続けてきたのだから。

実際、その愚かさの結果、何百年も続いた家名が没落《ぼつらく》する様も見たし、実際に自らの手で断罪した事も有る。

だが、その愚かしさこそが人の証であり、強さの根源である以上、どうしようもない事でもあるのだ。

人の欲望や願いは、時に己《おのれ》や周囲の命すらも度外視してしまう程《ほど》に強い渇望《かつぼう》を生み出すものなのだから。

（それに、愚かしいのは私も同じか）

シュピーゲル宰相が選ぼうとしている選択を余人が知れば、大半の人間はその決断を愚かだと嘲笑《あざわら》うだろう。

何を好き好んで、そんな博打《ばくち》を打つ必要があるのかと疑問にも思うかもしれない。

何しろ、オーウェン・シュピーゲルという男は、ミスト王国に於《お》いて国王に次ぐ権力者なのだ。

いや、宰相としてミスト王国に於ける政務や外交等のほぼ全てを担っているという事実を考えれば、国王であるフィリップ以上の権力を持っていると言っても過言ではないだろう。

だが、それを理解していても諦《あきら》められないのが野望であり夢なのだ。

（ましてや、千載一遇《せんざいいちぐう》の好機にめぐり合わせたとなれば……な）

そんな事を考えながら、シュピーゲル宰相は静かにデュラン将軍の仕事が終わる時を待った。

どれ程時間が過ぎただろうか。

時間にして二十分くらいだろうか。

メイドが持って来てくれた紅茶をシュピーゲル宰相が飲み干した頃《ころ》、漸《よう》く部屋の中に響いていた筆の走る音が途絶《とだ》えた。

「さて……大分お待たせしてしまったな……申し訳ない」

そう言いながらデュラン将軍は椅子から立ち上がる。

そして、シュピーゲル宰相の対面に腰を下ろした。

「いえ、お気になさらずに……」

勿論、言いたい事が無い訳ではないだろう。

シュピーゲル宰相自身もまた、このミスト王国の中では、極めて多忙な人間の一人なのだから。

文字通り一分でも一秒でも惜《お》しいのが正直な気持ちだ。

それに、シュピーゲル宰相自身は几帳面《きちょうめん》な性格。

朝に目覚めて夜にベッドへ横たわるまでの間、常に時計の針が指し示すままに従って生活している様な男だし、周囲からもそれを求められている。

秒刻みというのは流石《さすが》に大げさだろうが、分刻みの生活なのは間違いない。

そんなシュピーゲル宰相の貴重な時間が二十分近くも浪費《ろうひ》されたのだ。

嫌《いや》みの一つも言いたくなって当然だろう。

だが、現状を考えれば文句を言う訳にもいかない。

(私の夢を叶《かな》えてくださるのは、この方なのだから……)

それは長年の鬱屈《うっくつ》した想《おも》い。

王の弟という立場でありながら、王国南部に所領を与えられ、シュピーゲル公爵《こうしゃく》家という家名を押し付けられた日から秘《ひ》め隠《かく》してきた野望だ。

そして同時に、実現を諦めていた野望でもあるのだから。

そんな事をシュピーゲル宰相が考えていると、デュラン将軍が徐《おもむろ》に口を開いた。

「先代のマリネール将軍もそれなりにやり手だったが、エクレシア殿はそれに輪を掛《か》けた才をお持ちの様だ。兵の動員計画書を見させてもらったが、修正するべき点は皆無《かいむ》だったよ。そのおかげで、私の仕事も随分と減って楽をさせて貰《もら》えたからな。彼女《かのじょ》の仕事ぶりは実に見事だ。あれが無ければ、軍の編制にもっと時間が掛かった事だろう」

それは、飾《かざ》り気《け》のない賞賛。

いや、絶賛と言った方が正しいだろうか。

そんなデュラン将軍の言葉に、シュピーゲル宰相は内心驚いてしまう。

（ほう……この方がこれ程までにおっしゃるとは……）

何しろ、デュラン将軍程の経験値を持つ人間からすれば、大抵の仕事は自分の手で処理が出来るし、その成果も平均以上の物を出す事が出来る。

その為、他者に対しての評価が幾分辛口《いくぶんからくち》なのは事実だ。

勿論、何度も部下に仕事をやり直させたり、暴力や暴言をぶつけたりする様な嫌がらせをするタイプではないが、気になった箇所《かしょ》を自らの手で修正するタイプの人間。

有能で頼《たよ》りがいがある人間ではあるのだろうが、部下の立場としては中々に緊張《きんちょう》を強いられる上司とも言えるだろう。

そんなデュラン将軍が手放しで褒めるというのは、実に珍《めずら》しい事だ。

（些《いささ》か予想外でもある……が）

だが、そんなデュラン将軍の言葉に驚きつつも、シュピーゲル宰相は深く頷《うなず》いて見せた。

「それは、そうでしょう……私も先日エクレシア殿の計画書を見せて頂いておりましたが、私から見ても非の打ちどころは有りませんでした。動員計画が遅々《ちち》として進まなかったのは、エクレシア殿が立てた計画に問題があるのではなく、誰《だれ》がそれを行うかという、ただその一点に尽きたのですから……ね」

それはある意味、このミスト王国という国が抱《かか》えている構造的な問題であり、根深い病巣《びょうそう》なのだ。

エクレシアは、単にその問題の被害者《ひがいしゃ》だと言っていい。

そして、その事はデュラン将軍も理解していた。

「その通りだ……北部貴族の中でも特に経済的に裕福《ゆうふく》と言われるマリネール家の人間であり、現国王であるフィリップ陛下の妹の娘《むすめ》となれば……南部の貴族達が反感を抱《いだ》くのは無理からぬ事だから……な。意地でも足を引っ張ろうとした筈だ」

「はい、エクレシア殿も随分と交渉を重ねて説得していた様ですが、結果は芳《かんば》しくなかった様です」

その言葉に、デュラン将軍は軽く鼻を鳴らして見せた。

「当然だろう。説得など時間の無駄《むだ》よ……何しろ相手は初めから交渉で妥協点《だきょうてん》を見出《みいだ》す事を考えていないのだからな。この手の問題を話し合いで解決しようというのが、些か無謀《むぼう》に過ぎたな」

多くの人間が誤解しているが、交渉というのは問題解決の為に選べる複数の手段の一つでしかない。

別段、交渉と言う方法が神の定めた唯一無二《ゆいいつむに》の方法ではないし、最善の方法であると確定している訳でもないのだ。

勿論、交渉という手段に問題が有る訳ではないし、効果が低い訳でもない。

互《たが》いに譲歩《じょうほ》する事で妥協点を見出し、双方《そうほう》が利益を得るｗｉｎ－ｗｉｎの関係を築けるのであればそれに越した事は無いだろう。

ただし、それは常に実現出来る訳ではないし、譲歩した分だけ自分の利益を削《けず》っているという点を忘れてはいけない。

その上、最終的な合意が出来るかどうかを別にして、交渉とはそもそも時間が非常に掛かるのだ。

特に、今回の様な歴史的背景や感情的な理由から生じた問題を交渉で解決しようとするのは無謀と言っていいだろう。

間違いなく、相当な手間暇《てまひま》と根気が必要となり時間が掛かる事が目に見えている。

それはまるで、絡《から》まった糸を解《と》き解《ほぐ》そうとするのに近いだろう。

「だが、今回の様な火急の場合に於いて、悠長《ゆうちょう》に交渉で解決しようというのは判断として極めて致命的だと言える。勝機を失いかねないから……な。勿論、エクレシア殿の判断が間違っている訳ではないが、一国の軍を統括《とうかつ》する将としては、かなり甘《あま》い対応と言わざるを得んだろう……な」

その言葉に、シュピーゲル宰相《さいしょう》は疑問を呈《てい》する。

「それでは、閣下はエクレシア殿が将軍として相応しくないとお思いですか？」

だが、デュラン将軍はそんなシュピーゲル宰相の問いに対して首を横に振って見せる。

「いや、そうとは言い切れない。【暴風】と異名を取る程の戦上手なのは間違いないからな。あくまでも、戦の才能だけで一国の趨勢《すうせい》を担う将軍は務まらないというだけの話だ。その辺は、やはり年齢が若い故に甘さが残るのも致し方無《かたな》いのかもしれないが……まぁ、あと十年も将軍として戦をすれば、その甘さも消えるだろうがね」

それは、ある意味ワインやウイスキーにも通じる話。

同じ酒でありながらも、樽《たる》に寝《ね》かせておくと味にまろ味や深みが出るのと同じだ。

時の流れとは肉体に老いをもたらすが、同時に円熟をもたらしもするのだから。

しかし、そんなデュラン将軍の言葉に、シュピーゲル宰相は顎《あご》に手を当てて少し考えこんだ後、首を傾《かし》げた。

「成程《なるほど》、エクレシア殿が若いというのは賛同します……時の浪費という意味でも正しいでしょう。ですが、それでは具体的にどんな手が打てたのでしょうか？」

それは純粋《じゅんすい》な疑問。

その問い掛けに対してデュラン将軍は軽く目を瞑《つぶ》る。

そして、デュラン将軍は肩《かた》を竦《すく》めながら徐に口を開く。

「そうだな……儂《わし》なら、反発している貴族達の気勢を削《そ》ぐ為に、まずは噂《うわさ》を流して反応を見るだろうな」

「ほう……どのような噂ですか……」

それは、シュピーゲル宰相にとって予想外な言葉だったのだろう。

恐らくシュピーゲル宰相は、デュラン将軍が南部貴族達と直接対面し、その武威《ぶい》を以《もっ》て説得するとでも思っていたのだ。

だが、困惑《こんわく》の色が隠せないシュピーゲル宰相を尻目《しりめ》に、デュラン将軍は自らの対応策を悠然《ゆうぜん》と口にする。

「まぁ、一番手っ取り早くて効果が高そうなのは敵国を通じて謀反《むほん》を画策しているという噂だろうな。見え透《す》いた嘘《うそ》ではあるが、それだけで連中の顔色は変わる。まぁ、二〜三家ほど本当に潰《つぶ》してしまっても良いが、流石に立場は違《ちが》えども我《わ》が国《くに》を支える仲間だ。いきなり強硬《きょうこう》手段を取る必要も無かろう。それに、単に感情的に反発している程度の連中なら、簡単に尻尾《しっぽ》を巻くだろうし……な」

その言葉を聞き、シュピーゲル宰相はデュラン将軍の意図を直《す》ぐに察した。

それと同時に、目の前に座《すわ》る老人が、単なる軍人としてだけではなく、貴族という存在を理解している政争にも長《た》けた怪物《かいぶつ》である事を再認識《さいにんしき》させられた。

(成程……将軍の言う通り効率的だろう……)

この場合、噂の真偽《しんぎ》はそれほど重要とはならない。

真実かどうかではなく、そういう噂が流れたという段階で、貴族家としては致命傷《ちめいしょう》になりかねないのだから。

(軍の派兵に反対や反発をしているという事実が、噂に真実味《しんじつみ》を帯びさせ、彼等の足を引っ張る訳か……確かに、噂が真実であるかどうかは問題ではない……な)

彼等としては、謀反など企《たくら》んでいないと主張したいところだ。

実際、謀反など企んでいないのだから当然だ。

しかし、彼等は噂を否定する事が出来ない。

したところで意味は無いし、最悪の場合、状況を更《さら》に悪化させかねないのを理解しているからだろう。

その主張には正当性や真実性が無いし、その言葉を信じる人間もまずいないと分かっているからだ。

派兵を拒んでいるという事実の前には、どんな弁解もその効力を失ってしまうし、否定すれば否定するほど疑惑《ぎわく》の目を向けられるだろう。

人は過去の行動から、その人物を推《お》し量《はか》る。

ましてや、現在進行形で国の要請を断り続けていれば、信用度は限りなく低下してしまうのは否《いな》めない。

それに、もし仮に彼等の言葉を信じた人間が居たところで、表立って彼等を擁護《ようご》はしないし、出来ないと考えるのが妥当《だとう》だ。

もし本気で擁護するのであれば、それは自分の家や家族を危険に晒《さら》す覚悟が必要になってくる。

下手に彼等を擁護して矛先《ほこさき》を自分に向けられる可能性を考えれば、それは余りにも危険な選択だと言えるだろう。

だが、だからと言って彼等は噂をただ傍観《ぼうかん》している訳にもいかない。

傍観すれば、噂が真実だと判断されるだけの事だ。

(その結果、行きつく先は同じ……それを避《さ》ける為には、積極的に協力して誠意を見せるより他に道は無くなるだろう……な)

生き残る道は、積極的に王国への忠誠心を見せるしかない。

「では、あくまでも脅《おど》しという事ですかな?」

「そうだな……脅しで済めばそれに越した事はないだろう。実際、大半の貴族なら矛《ほこ》を収めて家名の存続を図《はか》る筈《はず》だからな……」

デュラン将軍は其処《そこ》で一度言葉を切った。

そして、シュピーゲル宰相へ獰猛な笑《え》みを向ける。

それは、血に飢えた獣の如き笑み。

「ただ、それでもまだ吠《ほ》え掛かって来る様な状況判断の甘い奴《やつ》もいるだろう。まぁ、そんな状況判断の甘い輩《やから》はどのみち戦場で使い物にはならないからな……その場合は、噂を真実にすればいいだけの事だ」

その言葉に、シュピーゲル宰相は思わず鼻白んだ。

勿論、デュラン将軍が告げた対応策の最終的な結末は、今迄の話の流れからシュピーゲル宰相の想像の範囲内《はんいない》ではあっただろう。

それに、如何にミスト王国の治世が比較的安定期に入っており、貴族間の血腥《ちなまぐさ》い政争も近年ではあまり起きていないとは言え、オーウェン・シュピーゲルとて一国の宰相なのだ。

国家の運営が綺麗《きれい》ごとだけでは片付かない事を身に沁《し》みて理解している。

謀略《ぼうりやく》や策謀《さくぼう》を好んで使いたいとは思っていない反面、経験や知識を備えてはいない訳でもないのだ。

しかし、デュラン将軍程の人物が必要とあれば味方であっても切り捨てると明言したとなると意味も重みも変わってくるだろう。

「非常の際には非常の手段をという事です……か。たとえそれが自国の貴族であっても容赦《ようしゃ》するなと？」

躊躇《ためら》いがちに零《こぼ》れるシュピーゲル宰相の言葉に含《ふく》まれているのは、躊躇いや迷いだろうか。

実際、その言葉を耳にした時のシュピーゲル宰相が受けた衝撃《しょうげき》は余程《よほど》大きかったのだろう。

だが、そんなシュピーゲル宰相の動揺《どうよう》を他所《よそ》に、デュラン将軍は言葉を続けた。

「勿論、好ましい策ではないだろう。だが、時にはそういう荒療治《あらりょうじ》も必要となる。国を守るとはそういう事だ……大切なのは躊躇わない事。躊躇えば好機を逸《いっ》する羽目になる。今儂が口にした策とて、時機を見誤れば効果が無いどころか、自分の首を絞《し》める結果になるだろうしな。大切なのは時節を見極《みきわ》め、決断を下し覚悟を決めるという事だろう。それが無くては何物も得る事など出来はしないという事だな」

その時、シュピーゲル宰相はデュラン将軍がエクレシアの話をしていながら、本当は全く別の事を示唆している事に気が付いた。

「私が躊躇っていると？」

「あぁ、儂の目から見ると些か……な。そして、その事を自分自身で自覚していながら、問題から目を背《そむ》けようとしている……違うかね？」

その言葉に、シュピーゲル宰相は黙り込んだ。

実際、一度は腹を決めたとはいえ、迷いが消え去った訳ではないのだ。

それは、シュピーゲル宰相自身も自覚していたし、そこから意図的に目を背けようとしていたのは確かだろう。

それをデュラン将軍から指摘《してき》され、シュピーゲル宰相の胸中に過《よぎ》る葛藤《かっとう》や衝撃は如何ばかりだろうか。

長い沈黙《ちんもく》が部屋の中を支配する。

シュピーゲル宰相の心は千々に乱れ、返す言葉を失っていた。

そんなシュピーゲル宰相の胸中を見かねたのだろう。

やがて、デュラン将軍は徐に口を開いた。

「今なら引き返すという道が無い訳ではないぞ?」

その言葉に、顔を伏《ふ》せて押し黙っていたシュピーゲル宰相は勢いよく顔を上げる。

今更《いまさら》中止など出来ないと思っていたところに予想外の選択を提示された事に因《よ》り、心理的な負荷《ふか》が下がったのだ。

「可能なのですか?」

「あぁ、今はまだ全てを公にしている訳ではないからな。兵を集めたのも表向きはあくまでジエルムクへの援軍《えんぐん》という体裁《ていさい》になっている。このまま、本来の目的である援軍として向かえば良いだけの事だ。ブリタニアとタルージャ側との密約も、全ては南部諸王国の介入《かいにゅう》を阻《はば》む為の策謀という事にでもすれば名目は立たなくもない。まぁ、両国から恨《うら》まれるだろうし、今後の外交方針も色々と修正が必要になるだろう。ミスト王国側でも色々と追及《ついきゅう》される可能性がでてくるだろうが、可能か不可能かで言えば、今ならまだ策を中止する事は可能だろうな」

そんなデュラン将軍の言葉を聞いた瞬間、シュピーゲル宰相の顔に喜色が走る。

それはまさに、地獄《じごく》の業火《ごうか》に苛《さいな》まれている亡者《もうじゃ》の前に垂らされた蜘蛛《くも》の糸に等しい。

中止するかどうかは別にして、選べないのと、選ばないのとでは、意味が全く異なって来るからだ。

そういう意味からすれば、一見したところデュラン将軍が助け船を出したように見えなくもないだろう。

だが、別段デュラン将軍に意図はない。

いや、意図自体は存在しているのだ。

問題は、その意図がどちらの方向を向いているかというだけの事。

そして、続けて放たれたデュラン将軍の言葉が、そんなシュピーゲル宰相の心に芽吹《めぶ》いた微《かす》かな希望を無残にも打ち砕《くだ》く。

「しかし、宰相殿は本当にそれで良いのかね？　今はまさに千載一遇の好機だ。これを逃《のが》せば二度目はないだろう。つまり……長年の悲願を諦《あきら》める事になる訳だが、本当に構わないのかね？」

それはまさに悪魔《あくま》の誘惑《ゆうわく》。

その問いを聞いた瞬間、シュピーゲル宰相の顔に苦悶《くもん》の色が浮かんだ。

そして、動揺するシュピーゲル宰相の心を見透《みす》かしているかの様に、悪魔は更なる誘惑を仕掛けてくる。

「この国の王になりたいのだろう？　それが、宰相殿の母上から託《たく》された悲願だった筈ではないのかね？　それを今更《いまさら》諦めるのか……このまま事が進めば、宰相殿の頭上に王冠《おうかん》が被《かぶ》せられるというのに？」

その言葉を聞いた瞬間、シュピーゲル宰相の顔つきが変わった。

今迄の端整《たんせい》で理知的だった顔付きではない。

其処に居るのは、妄執《もうしゅう》に取り付かれた一匹《ぴき》の鬼《おに》だ。

そして、そんな鬼に対して悪魔は最後の決断を迫る。

「この場で選びたまえ。ミスト王国の国王として諸国に覇《は》を唱える偉大《いだい》な国王となるか、それとも肉親の情に負け、このまま宰相として国王であるフィリップの便利な道具として一生を終えるかをな」

「その通りです閣下……私には母の無念を晴らし、この国の王になるという野望が有る。そして、その野望を今更捨てる事など、私には出来ない……」

そして、その鬼の言葉を聞き、悪魔は満足げに頷いて見せる。

その心の奥底《おくそこ》に秘めた嘲笑《ちょうしょう》を押し隠したまま。

その後、一時間程で今後の打ち合わせを終えると、シュピーゲル宰相は執務室《しつむしつ》を後にした。

概《おおむ》ね、計画通りの展開だが、扉《とびら》を出ているシュピーゲル宰相の足取りが何処《どこ》か覚束《おぼつか》ない感じがするのはデュラン将軍の気のせいではない。

デュラン将軍に促《うなが》される形で謀反の覚悟を固めたとはいえ、未だに心と体が上手《うま》く噛《か》み合っていないのだろう。

それは、国王という至高の地位が自分の物になるという高揚《こうよう》感と、異母兄であるフィリップへの謀反という罪悪感との狭間《はざま》にシュピーゲル宰相の心が揺《ゆ》れ動いている証。

やはり、大地世界《アース》の人間にとって、国王という存在は特別なのだ。

その背中を眺《なが》めつつ、デュラン将軍は小さなため息を零す。

「まぁ良い……その内、嫌でも腹が据《す》わるだろう。それが出来なければ、新しい役者を見つけて代役を立てるだけの事だ」

小さな呟《つぶや》きが、デュラン将軍の口から零れる。

その呟きに含まれているのは哀《あわ》れみだろうか。

長年、それなりの関係を築いてきた人間が地獄に落ちる姿を眺めるのは余り愉《ゆ》快《かい》ではない。

ましてや、望んで地獄に叩《たた》き落としたいとも思わないが、必要ならば躊躇わないだけの覚悟をデュラン将軍は持ってもいる。

それに、何時《いつ》までもシュピーゲル宰相の心情にばかり、感《かま》けている訳にもいかないという事情もあるのだ。

（さて……それでは、もう一つの仕事を片付ける事にしよう。そろそろ彼も痺《しび》れを切らしているだろうから……な）

部屋に残されたのは、アレクシス・デュランただ一人の筈だ。

かなり広い執務室だが、刺《し》客《かく》の存在を警戒《けいかい》しているのか、家具の大半は壁《かべ》際に並んでおり、人が隠れる様な場所はまずないだろう。

しかし、扉が閉まってシュピーゲル宰相の姿が消えて暫《しばら》くしてから、デュラン将軍はゆっくりと口を開いた。

「もう良いだろう……そろそろ出てきたらどうだね？　ミスター楠田《くすだ》……」

デュラン将軍の声が執務室の中に響《ひび》く。

すると、執務室の左側の壁の中からカチャという小さな音が聞こえた。

そして次の瞬間《しゅんかん》、壁際に設置されていた本棚《ほんだな》が音もなく回転し、黒い穴が姿を現す。

緊急用《きんきゆう》の脱出路《だっしゅつろ》なのだろう。

そして、そこから一人の男が執務室の中へと入って来た。

年齢《ねんれい》は三十歳《さい》に手が届くかどうかといった所だろうか。

黒髪《くろかみ》の黄色人種で、中々に精悍《せいかん》な顔つきをした青年。

「あの人が、オーウェン・シュピーゲルですか……一国の宰相という割には、些か線が細いように見えますね……本当に彼で大丈夫《だいじょうぶ》ですか？」

そう言うと、男は肩を竦めて見せる。

その言葉と態度に含まれているのは呆《あき》れと侮《あなど》り。

一応は相手が一国の宰相であるという事を意識してか、表現は多少抑《おさ》えめではあるだろう。

だが、その声と表情を見れば、楠田の想いはハッキリと見て取れた。

それは、シュピーゲル宰相という人間を評価するに際して、不敬であると言われ断罪されても仕方のない、実に遠慮《えんりょ》のない言葉であり態度だろう。

勿論、裏大地世界とも呼ばれる地球からこの大地世界へと強制的に召喚《しょうかん》された楠田にしてみれば、この世界の人間など野蛮《やばん》な原住民でしかない。

心理的には、誘拐犯《ゆうかいはん》とその被害者の様な物だろうか。

勿論、世の中にはストックホルム症候群《しょうこうぐん》といった、誘拐犯へ友情や親愛を感じる心理状態も無い訳ではない。

だが、それはあくまでもそういった例外が存在するというだけの話でしかないのだ。

それが常に適応される様な話ではない。

大抵の場合、誘拐犯とその一味へ好意や敬意を向けるのは難しいだろう。

だが、それでもオーウェン・シュピーゲルという人物は一国の宰相なのだ。

ましてや、デュラン将軍はシュピーゲル宰相と同じミスト王国の人間。

自分の国の人間を他国の人間から馬鹿にされるのを聞いて、喜ぶ人間はまずいないだろう。

普通《ふつう》なら、声を荒《あら》らげて怒《いか》りを露《あら》わにするところだ。

しかし、楠田の言葉を聞いても、デュラン将軍は苦笑いを浮かべるだけだった。

デュラン将軍自身もまた、それに近い評価を下しているのか、楠田の無遠慮《ぶえんりょ》な言葉を聞いても、不埒《ふらち》と咎《とが》め立てするつもりはないらしい。

「まぁ、あの男も我が国の宰相を長年勤め上げてきた男だ。いざとなれば腹も据わるだろう……それに、あの男の役割はあくまでも神輿《みこし》に過ぎない。使えないとなれば、別の神輿を担《かつ》げばよいだけの事だ」

その言葉に、楠田は小さく頷いて見せる。

「そうですね……この世界の王族は無能な連中ばかりですが、子供や親族の数だけは腐《くさ》る程いますからね。使えそうな奴を見繕《みつくろ》えば済む話です……か」

「まぁ、それがこの野蛮で文明度の低い大地世界の数少ない良いところだと言えるだろうな。連中が幾《いく》ら王族でございとふんぞり返っていたところで、所詮《しょせん》はこの野蛮で醜悪極《しゅうあくきわ》まる大地世界での話でしかないからな。文化も教養も持たない連中には、子供を作る以外の楽しみなど幾つもないから、それも仕方あるまいよ」

そう言うと、デュラン将軍は高笑いを上げた。

其処に含まれているのは、優《すぐ》れた文明を持つ人間が、裸体《らたい》を粗末《そまつ》な腰布《こしぬの》で覆《おお》って日々を暮らす未開の蛮族《ばんぞく》と思《おぼ》しき人々へ向ける様な侮蔑《ぶべつ》と嘲笑、そして底知れぬ憎悪《ぞうお》の念だ。

自らを高みに置き、其処から見下ろすかのような笑み。

とは言え、それも仕方のない事なのだろう。

アレクシス・デュランという人間もまた、地球からこの地獄へと召喚された被害者なのだから。

「確かミスター楠田の出身国である日本には「貧乏人《びんぼうにん》の子沢山《こだくさん》」という言葉があると聞いた事があるが、まさにそれよな」

それはある意味では正しい面がある一方で、また間違った表現とも言えるだろう。

この大地世界に於いて子沢山なのは、必ずしも経済的に困窮《こんきゅう》した人間だけとは言えないのだから。

いや、どちらかと言えば、貴族や王族、豪商《ごうしょう》といった経済的に裕福な人間の方が、子供の数は多いくらいなのだ。

それは恐《おそ》らく、この大地世界は医療《いりょう》技術が未発達であると同時に、人知を超《こ》えた怪物の脅威が蔓延《はびこ》る魔境《まきょう》で有る事が根本的な原因なのだろう。

命を失う原因となりうる危険が、この大地世界には溢《あふ》れかえっているのだ。

その結果、死が現代社会よりも遥《はる》かに人々の身近に存在している。

だからこそ、人は本能的に子供を多く作ろうとするのだ。

人という種を存続させる為《ため》に。

そういう意味からすると、貧乏だからとか、娯楽《ごらく》が少ないと言った理由は、大地世界に於いて子供が多い理由としてはあまり適切とは言い難《がた》い。

とは言え、完全に間違っているとも言えない微妙《びみよう》な所でもあるだろう。

だが、そんなデュラン将軍の言葉に楠田は苦笑いを浮かべて答える。

「デュランさんは、我が祖国の事をよくご存じの様ですね。ただ、「貧乏人の子沢山」という言葉は、本来の使い方だと最終的には子供を多く生むほど幸せになれるという点を好意的に評価する言葉だった筈です。そうなると文脈的には少しばかりデュランさんの意図とは意味が異なってきてしまいますね」

それは、同じ言葉でも意味が時代の変遷《へんせん》と共に変わってくるという証。

昔は子供を幸福の象徴《しようちよう》と見ていたが、現代社会では人生の重荷という意味の方が強いという話なのだろう。

とは言え、最終的に言葉の意味が好意的かどうかは別にして、文脈としてはそれほどおかしくもない。

大半の人間はまず気が付かないズレだ。

いや、もし仮に言葉の意味が違ってくる事に気が付いたとしても、大半の人間は無視《スルー》して終わりだろう。

一々相手に間違いであると伝える必要性は低いし、何よりいらぬ軋轢《あつれき》を生じさせる可能性の方が高いのだから。

その辺が楠田という男の精神をよく表していると言える。

或《ある》いは、その優秀《ゆうしゅう》さ故の拘《こだわ》りだろうか。

とは言え、大半の人間は今の知識をひけらかすかのような楠田の言動に対して、決して好意的な印象は持てない。

楠田本人には悪気が無いだけまだマシと言えなくもないのだが、所謂《いわゆる》鼻につくという奴だろう。

だが、若造からつまらない揚《あ》げ足《あし》取りの様な指摘を受けても、アレクシス・デュランという男は平然とそれを受け流して見せる。

「ほう、そうなのかね……それはまた勉強になる。私の話は組織の人間から聞いた事の又聞《またぎ》きでしかない……所詮は俄《にわ》か知識なのでね」

そう言って鷹揚《おうよう》に笑うデュラン将軍は、まさに一国の軍事を司《つかさど》る将としての器量を備えた名将と言える。

まさに、人の上に立つ事に慣れた人間の余裕《よゆう》とでも言ったところか。

そして、その器量の大きさが時に叱責《しっせき》や怒号《どごう》よりも強烈《きょうれつ》に、相手に対して己の非を悟《さと》らせるのだろう。

実際、楠田は直ぐにデュラン将軍へ謝罪の言葉を口にした。

「失礼しました。詰《つ》まらない事で差し出口を挟《はさ》んでしまい申し訳ございません」

自信家で上昇《じょうしょう》志向が強い所為《せい》もあり、才気走るところが玉《たま》に瑕《きず》な楠田ではあるが、愚《おろ》かでもないし自分の非を認められない愚か者でもないらしい。

そして、そんな楠田に対して、デュラン将軍は穏《おだ》やかな笑みを浮《う》かべて頷いた。

「構わないよ。私達は同じ境遇《きょうぐう》であり、同じ理想を目指して戦う者同士なのだからね。まちがった事を指摘した訳でもないのだし気にする必要はないだろう……ただ、組織の中には気難しい奴もいるから、其処だけは注意した方が良いかもしれないな。些細《ささい》な事で敵を作るような真似《まね》は避けた方が賢明《けんめい》だろう。何しろミスター楠田は組織にとって期待の新人であり、ミスター須藤《すどう》からも高い評価を得ていると聞いている。実際、私も今回の戦略を考案した君には期待しているからね」

そう言うと、デュラン将軍は茶目《ちゃめ》っ気たっぷりに片目を瞑って見せた。

それは実に魅力的《みりょくてき》な仕草。

冷徹《れいてつ》さと威厳《いげん》に満ちた武将にも、こんな愉快な一面が有るらしい。

どうやら、謝罪の言葉を口にした楠田に対して、これ以上気に病《や》まない様にと配慮《はいりょ》した結果の様だ。

其処には、気さくで友好的でありながらも、言うべき事はきちんと伝える姿勢が伝わってくる。

それは言うなれば、部下に対して適切な指導を行う現代社会に於ける理想的な上司の姿だと言えるだろう。

そしてそれは、先ほどまでオーウェン・シュピーゲルに対して見せた冷徹で高圧的な態度とはまさに真逆と言える姿だ。

しかし、そんなデュラン将軍の変貌《へんぼう》に、楠田は驚《おどろ》いた様子を見せなかった。

それはつまり、今楠田に見せている姿こそが、アレクシス・デュランという男の本質であり、真の姿であると認識《にんしき》しているが故の事だろう。

そして、楠田は深々と頭を下げる。

「過分な評価を頂戴《ちょうだい》し恐縮《きょうしゅく》するばかりです。あの日、行く当てもなく一人彷徨《さまよ》っていた私を組織の方々に助けて頂いた御恩《ごおん》は決して忘れは致《いた》しません……」

それは、心からの言葉だろう。

実際、組織は楠田にとって命の恩人なのだ。

それを忘れる程、楠田という男は恩知らずでも無ければ恥知《はじし》らずでもないらしい。

(自信家で傲慢《ごうまん》なところがない訳ではないが、ミスター須藤から聞いていた通り、義理《ぎり》堅《がた》い男でもあり、察しの良さも中々のもの……か。流石にあの方が今回の作戦の指揮を任せるだけの事はあるな)

そんな事を考えながら、デュラン将軍は満足げに頷いて見せる。

目の前の青年が、若かりし頃の己の姿に重なったような気がして。

デュラン男爵邸《だんしゃくてい》での会合を終えた楠田智弘《くすだともひろ》は一人、王都エンデシアの路地裏を歩いていた。

星の瞬《またた》きすらも見えない重く苦しい雲に覆われた空は、これから起こる惨劇《さんげき》を暗示するかの様だ。

そして、そんな曇天《どんてん》を見上げた楠田は、小さなため息を吐《つ》いた。

そのため息に含まれているのは、世の無常さだろうか。

(まさか、警察官だった俺《おれ》が、こんなテロ行為《こうい》みたいな任務を計画する事になるとは……皮肉なものだな)

警察官として生きて来た楠田にとって、ミスト王国の国王を殺害し、新たな国王を擁立《ようりつ》するというのは、犯罪行為でしかない。

勿論《もちろん》、現代の価値観から見て、擁護はかなり難しい。

批難は盛大《せいだい》に受けるのが目に見えている一方で、称賛《しょうさん》される事はまず無いだろう。

(だが、この狂《くる》った世界では、そんな現代の価値観などゴミ屑《くず》以下の価値しかないだろう……いや、ゴミどころか害悪だろうな)

人命を尊重する事を基本とし、高い人権意識を持つ現代人にとって、人の命の価値が極めて低いこの大地世界は、文字通り地獄の様な世界と言っていいだろう。

しかし、逆召喚の術式が無く、地球へ戻《もど》る手段が無いとなれば、その狂気《きょうき》の世界で生きていくより他に道はないのだ。

その為には、この大地世界という世界のルールや価値観を理解し、尊重する必要がある。

そして、この大地世界に於ける根源的なルールはただ一つ。

弱肉強食の思想だ。

（そこに善悪はない……言った所で意味が無いからな……問題なのは、そのルールに適応出来るかどうかだ）

たとえば、将棋《しょうぎ》とチェスは極《きわ》めて似通った競技だ。

だが、全く同じルールな訳ではない。

将棋は敵の駒《こま》を取った後に、それを自分の駒として再利用出来るが、チェスの場合は出来ないし、チェスには特定の条件下でキングとルークを一手で入れ替《か》える事の出来る入場《キャスリング》というルールがあるが、そんなルールは将棋には存在しないのだ。

問題は、もし仮に将棋のプロがチェスの公式試合を戦った場合、相手がこのキャスリングを使って戦況《せんきょう》を有利にして勝利したとして、将棋の名人がルールの違いを引き合いに出して勝敗の判定に難癖《なんくせ》を付けたとしても、その主張に耳を貸す人間はまずいない。

これは逆にチェスの名人が将棋の対局をして同様の主張をしたとしても結果は同じだ。

「競技種目が違うのでルールも違います。戦う前にルールの確認《かくにん》をしていなかったのですか？」

と言われて終わりだろう。

もし仮にそんな主張をする人間が居たら、周囲からは冷ややかな目で蔑《さげす》まれる事になるだろうし、公式な場でそんな事を言えば選手生命だって断《た》たれかねない。

或いは、大麻《マリファナ》の扱《あつか》いに関しても同じ事が言えるだろう。

大麻《マリファナ》は日本では使用は当然として、所持も販売《はんばい》も違法行為《いほうこうい》として刑事罰《けいじばつ》の対象となっている。

だが、世界を見回せばオランダや米国の一部の州では個人や医療用《いりょうよう》として使用する場合に限って合法化していたり、使用が黙認《もくにん》されていたりする場所も有るのだ。

ただ、合法にするべきか犯罪として処罰《しょばつ》するべきかはさておき、合法化されていない国や場所で大麻を使用すれば犯罪として処罰されてしまうのは当然の事だろう。

州毎《ごと》に法律が変わるアメリカ合衆国では、州の境界線を越《こ》えた瞬間に、合法か違法《いほう》かが分かれる事になる訳だ。

だからもし、例えばがん患者《かんじゃ》の苦痛軽減など必要性に迫《せま》られて大麻を使いたいなら、先に施《し》行《こう》されている法を調べるべきだし、それを怠《おこた》れば容赦なく犯罪者として処罰される。

それに対して摘発《てきはつ》された犯罪者が文句を言っても、「うちの州では犯罪行為です」と言われて終わりだ。

現代社会の価値観をこの大地世界に持ち込《こ》み押《お》し付けようとするのも、それに近いものが有ると言えるだろう。

これは良い悪いの話ではない。

社会というものを構成する要素の話であり、それに対してどう対処するかというだけの事。

(まぁ、力を持つ人間であれば、法やルールそのものを変更《へんこう》する事も出来ない訳ではないのだが……ね)

人間社会に存在する法やルールは、神が定めた法則の様な絶対不変なものではない。

困難ではあるだろうが、変更する事が出来ない訳ではないのだ。

武力や権力、財力といった力で変える事が出来るし、現代社会であれば民衆の力と言った数の力を使うのも良いだろう。

ただ、現実的には既存《きそん》のルールや法を変更するよりは、自分が環境《かんきょう》に適応する方が遥かに容易で確実だし、もし変更される前に法やルールを犯《おか》せば、当然ペナルティを受ける羽目になるだけの事でしかない。

それは会社であっても、学校であっても、国家であっても同じ事だ。

（そして、大地世界の環境やルールに適応出来なければ、それは文字通り死を意味する）

実際、楠田はこの数年で、地球から召喚された人間の悲劇を見聞きしてきた。

その中には、人権という概念《がいねん》に固執《こしつ》し、人の生命を大切にするあまり、結果として己《おのれ》や、友人知人の命を失う羽目になった人間も多く存在している。

楠田の脳裏《のうり》に、ここ数年の間に起きた出来事がまざまざと蘇《よみがえ》る。

それは、この大地世界に召喚され、御子柴浩一郎《こういちろう》の手によってベルゼビア王国の王宮から逃《に》げ出す事に成功したあの日、傷を負って動けなくなった立花《たちばな》の為に水を求めて森の奥《おく》へと分け入った楠田が、気を失った桐生飛鳥《きりゅうあすか》を保護したロドニー・マッケンナ達《たち》の姿を見て、その場から逃げ出す事を選んだ後に起こった話だ。

それは、苦く辛《つら》い思い出でもある。

(俺はあの時、あの娘と立花さんを見捨てて逃げた……それは事実だ……)

それはまさに、苦渋《くじゅう》の選択《せんたく》だった。

勿論、言い訳をしようとすれば幾らでも出来るだろう。

それに、それは良くある嘘や保身からのごまかしではない。

楠田としても、助けられるものならば桐生飛鳥を助けたかったのは本心だったのだから。

それは、この異世界に召喚され右も左も分からない状況《じょうきょう》だったとはいえ、警察官としての責任感であると同時に、王宮から逃げ出す為の活路を開く為に一人残った御子柴浩一郎への感謝の念もあったからだろうか。

だが、同時に楠田の怜悧《れいり》な頭脳は救出が不可能である事を理解してもいた。

何しろ、桐生飛鳥を救い出す為には、鎧兜《よろいかぶと》に身を固めた騎士《きし》の集団を相手にするしかない状況だったのだから。

そして、如何《いか》に警察官としてそれなりの訓練を受けているとはいえ、特殊《とくしゅ》警棒一本で完全武装した騎士《きし》達《たち》を制圧出来ると考える程《ほど》、楠田は夢想家ではなかった。

(拳銃《けんじゅう》でも持っていれば、また話は変わったかもしれないが……)

だからこそ、楠田はその場から逃げ出す事を選んだのだ。

救出の機会が巡《めぐ》って来る事を神に祈《いの》りながら。

勿論、桐生飛鳥を保護したロドニー・マッケンナ達に害意が無かったのは事実であり、楠田が姿を現せば立花や飛鳥達と共に保護してくれた可能性はあるだろう。

だがそれは、あくまでも楠田が組織に属した後で知った話でしかない。

それは、当時の楠田には判断のしようがない話なのだ。

実際、御子柴浩一郎に頼《たの》まれた劉大人《りゅうたいじん》が、桐生飛鳥の情報を組織に命じて集めなければ、楠田がその事実を知る術《すべ》はなかっただろう。

（そして、俺はあの場から逃げ出し……森の中を数日間も彷徨う羽目になった……）

この大地世界に召喚された直後であり、楠田には行く当てもない状況。

それでも、現地人に捕獲《ほかく》されればどんな目に遭わせられるか分からないという恐怖《きょうふ》が、楠田を人里から遠ざけたのだろう。

それならばまだ、怪物が蔓延る森の中の方が安全な様な気がしたのだ。

だが、その代償《だいしょう》は予想以上に大きかった。

それも当然だろう。

当時の楠田は、警察官として御子柴亮真《りょうま》失踪の捜査《そうさ》の為に、御子柴家を訪問した直後だったのだ。

当然、服は上着にワイシャツの上、靴《くつ》は革靴《かわぐつ》だ。

警察官として捜査を行うには相応《ふさわ》しいかもしれないが、少なくとも森の中を散策するのは不適切と言える格好。

僅《わず》か数時間で、足の皮は裂《さ》け血が滲《にじ》んだ。

そんな状況で、森に生息する怪物達《かいぶつたち》の襲撃《しゅうげき》を何とか撥ね除《の》け生き残ったのは、楠田の中に宿る強靭《きょうじん》な意志と幸運の女神《めがみ》による加護故だろうか。

ギルドの冒険者《ぼうけんしゃ》として活動している組織の人間が楠田を見つけた時、彼《かれ》はかなり危険な状態だったらしい。

何しろ、極度の飢《う》えと脱水症状《だっすいしょうじょう》に加えて、全身は切り傷や打撲傷《だぼくしょう》をいたるところに負っていたし、怪物から逃げる際に受けたという背中に受けた大きな裂傷《れっしょう》の所為で、高熱を発して意識も朦朧《もうろう》としている状態だったのだから。

だが、楠田を見つけた冒険者達の中に組織のメンバーが交じっていたという僥倖《ぎょうこう》が、楠田の命を救った。

楠田の服装から地球人だと直ぐに察して保護してくれたからだ。

(そして組織は、俺の為に高価な秘薬を使い、体力が回復するまで俺を庇護《ひご》してくれた……同《どう》胞《ほう》だというだけの理由で……だから俺は、組織に入る事にした……)

勿論、其処に打算が無い訳ではないだろうし、それは楠田も理解している。

だがそれでも、楠田の命を救ったのは組織なのだ。

そして、組織の理念と目的が十分に共感出来るものである以上、楠田が組織の構成員の一人となるのを躊躇う理由はなかった。

(それに須藤さんは俺を評価してくれている……組織が潜入《せんにゅう》させた貴重な切り札に対して、俺の策に協力するようにと命令を出してくれたんだからな)

アレクシス・デュランは組織が潜入させていた工作員だ。

それはまさに、埋伏《まいふく》の毒とでもいうべき存在だろう。

その話を聞いた時、楠田はあまりにも遠大な潜入活動に驚きを禁じ得なかった。

何しろ、デュラン将軍がミスト王国に兵士として入隊したのが六十年近くも前の話。

現在の年齢が八十も半ばを超えて九十に近い事を考えると、工作員としてミスト王国に六十年以上もの間を埋伏の毒として潜入していた計算になる。

その間に、戦功を積み上げてデュラン男爵家《だんしやくけ》に婿入《むこい》りし、ミスト王国が誇《ほこ》る三将軍の一角にまで上り詰めた訳だが、そこまでの道のりは想像を絶する程の過酷《かこく》さと、命の危険に満ちていた筈だ。

（並大抵《なみたいてい》の苦労ではなかっただろうな……）

何しろ、裏大地世界《リアース》と呼ばれる地球から召喚された人間にとって、この大地世界と呼ばれる世界は文字通りの地獄と言っても良い程に、劣悪な環境である事に加えて、文化も風習も異なる過酷な異郷の地。

召喚される際に大抵《たいてい》の場合は翻訳《ほんやく》の術式が組《く》み込まれているので、言葉や読み書きには不自由しない事が多いが、それだけで日常を快適に過ごせる訳ではないのだ。

そして、そんな環境でミスト王国に於《お》ける軍の最高位にまでのし上がるというのは、アレクシス・デュラン本人の能力や努力だけでは難しいだろう。

（勿論、本人も相当な化け物なのは間違《まちが》いないが、組織も相当な援助《えんじょ》をした筈だ……）

それも、経済的な物だけではないだろう。

恐らく人的資源も相当に投下している筈なのだ。

その中には、命を散らす羽目になった人間もいる事だろう。

（そこまでして潜入させた貴重な情報源を俺の策に協力させている訳か……）

そして、それを命じたのは須藤秋武《あきたけ》その人だ。

その事実が、楠田の心を熱くする。

それはそうだろう。

組織に所属したばかりの新人に毛が生えた様な楠田に、西方大陸東部三ヶ国の中でも強国と名高いミスト王国に於いて、最強と目されるまでにのし上がった貴重な切り札の一枚を惜《お》しげもなく提供しているのだから。

（何故《なぜ》、あの人が此処《ここ》までしてくれるのか、その理由は分からない……何か明確な理由があるのか、それとも単なる気まぐれなのか……）

楠田は須藤秋武という人物に関して詳《くわ》しく知っている訳ではない。

何しろ相手は情報が徹底的《てっていてき》に秘匿《ひとく》されている組織の中でも、特に謎《なぞ》に包まれた人物。

楠田が知る事が出来た情報と言えば、組織の上層部に顔が利《き》き、独自の裁量で西方大陸全体を舞台《ぶたい》に活動している組織の人間というくらいのものだろうか。

顔を合わせたのも、今回の作戦を行うにあたって打ち合わせをしたのが初めてなのだ。

だが、須藤秋武と顔を合わせて言葉を交《か》わした結果、楠田はその妖《あや》しい魅力《みりょく》に魅了《みりょう》されていた。

そんな人物の抜擢《ばってき》に奮起しない訳が無いだろう。

（それに、あの男への対応も、どうにもちぐはぐな感じがするし……な）

今回の策は、全てが御子柴亮真という男を標的にしている。

それは間違いないだろう。

ブリタニアとタルージャ王国が手を結ぶように画策し、ミスト王国に攻《せ》め込ませたのも、表向きには半ば引退したような引きこもり生活をしていたアレクシス・デュランを表舞台《おもてぶたい》に戻したのも、全ては御子柴亮真をジェルムクへと誘《さそ》い込む罠《わな》なのだから。

これ程の手間暇《てまひま》と秘匿してきた手札を導入したという事実から見て、御子柴亮真という男を排除《はいじょ》しようという組織の本気度は疑いようもない事だ。

（だが、須藤さんは御子柴亮真を殺せとは言わなかった）

言わなかったのか、言うまでもない事だと思ったのか、それは須藤本人にしかわからない。

しかし、楠田は何となく、須藤の本心は御子柴亮真という男を殺したいと思っていない様に感じている。

（いや、どちらかというとこのまま死ぬか、それとも危機を切り抜《ぬ》け生き残るか、どちらに転ぶかを楽しんでいる様な……）

とは言え、それは楠田の思い過ごしかもしれないのだ。

（後数日もすれば、ブリタニアとタルージャの連合軍が再びジェルムク近郊《きんこう》へと進軍するだろう。そうなれば、状況は一気に動きだす……）

その後の手筈《てはず》も既《すで》に完了《かんりょう》している以上、楠田に出来る事は自らの役割を果たす事だけ。

「まぁ良い……俺は俺の最善を尽《つ》くすだけだ……あの男の安否に心を砕いていた桐生飛鳥には悪いが……な」

楠田の唇《くちびる》からそんな呟きが零れた。

そして、楠田は静かに天に輝《かがや》く赤い星を見上げた。

これから起こる惨劇の幕が開けるのを待ちわびながら。

第三章　エンデシアの政変

エクレシア・マリネールが城塞《じょうさい》都市ジェルムクへ三千の兵と大量の軍需《ぐんじゅ》物資を積んだ輸送部隊と共に入城してから、十日が過ぎようとしていた。

昼下がりの午後、ジェルムクの中央に立てられた城塞の二階に設けられた会議室では、御子《みこ》柴亮真《しばりょうま》を始めとした御子柴大公家の面々と、ミスト王国が誇る三将軍の一角にして【暴風】の異名を持つエクレシアが偵察《ていさつ》に出ていた伊賀崎《いがさき》衆からの報告に耳を傾《かたむ》けている。

「報告は以上となります……御屋形《おやかた》様」

そう言うと、伊賀崎衆の忍《しの》びは亮真に向かって深々と首を垂れた。

「あぁ、ご苦労。引き続き警戒を強化してくれ。何か異変が有れば直《す》ぐに報告を頼むぞ」

その言葉に、伊賀崎衆の忍びが軽く一礼すると素早《すばや》く部屋を後にした。

忍びとしての役割を果たした以上、この首脳陣《しゅのうじん》の集まる会議室に居るべきではないと弁《わきま》えているのだろう。

何しろ、伊賀崎衆が伝えた報告は、嵐《あらし》の訪《おとず》れを示唆《しさ》しているのだから。

忍びが退室した後、部屋の中を重苦しい沈黙が支配していた。

その理由は二つ。

一つは、束《つか》の間《ま》の平穏《へいおん》が破られるという事実に対しての驚きと恐れ。

そしてもう一つは、訪れる嵐が想像以上に大きなものとなりそうだという点だろうか。

だが、そんな事は分かっていたのだ。

確かに、ブリタニアとタルージャの連合軍は城塞都市ジェルムクの包囲を解いて、国境線の南にまで退却《たいきゃく》しただろう。

しかし、戦というのは敵軍を打ち払《はら》っただけでは終わらないのだ。

実際、この部屋の主にとって、この状況は想定内でしかなかった。

「成程《なるほど》……推定十万以上の軍が南部国境に向かって進軍中……ね。漸《ようや》く向こうも準備万端《ばんたん》整ったって訳……か」

そう呟くと御子柴亮真は腕組《うでぐ》みをしながら宙を見上げる。

頭の中には、次の一手をどうするかが、目まぐるしく浮かんでは消えて行っているのだろう。

そして、レナード・オルグレンは御子柴亮真の言葉に、歓喜《かんき》と高揚が含《ふく》まれている事を敏感《びんかん》に察していた。

(この若さで、この落ち着き様とは)

伊賀崎衆の報告では敵軍の数はこちらの倍近いという話なのだ。

如何に城塞都市ジェルムクに籠《こも》っての防衛戦であるとはいえ、ミスト王国からの援軍到着《えんぐんとうちゃく》が何時になるか明確な日程が分からない以上、到底《とうてい》五分とは言えない。

普通に彼我《ひが》の戦力を比較《ひかく》すれば、こちらの方が劣勢《れっせい》というべき状況なのだ。

レナード・オルグレンは、ローゼリア貴族の中ではそれなりに戦の経験がある方だが、それでも今の状況で平静を保つにはかなりの努力が必要になる。

しかし、レナードの新しい主君に、動揺《どうよう》が微塵《みじん》も見えないのだ。

先ほど零《こぼ》れた声に悲愴感《ひそうかん》や不安の色はない。

それどころか、御子柴亮真の顔には不敵な笑《え》みが浮かんでいた。

まるでそれは、戦を待ちわびているかの様だ。

(まぁそれも当然か……何しろこの方は、貴族派が引き起こした先の内乱を征《せい》して見せた上、ルピス女王が主導した北部征伐《せいばつ》を力で捻《ね》じ伏せた挙句、最終的にはラディーネ女王を新たな国王に擁立して見せた怪物《かいぶつ》……まさに、戦の申し子といった所だ。そんな男にとって、敵軍の動きは所詮、想定内という事なのだろう)

また、それほどの人物であると見込《みこ》んだからこそ、レナード・オルグレンはローゼリア王国の貴族としての誇りを捨て、御子柴大公家の家臣となったのだ。

勿論、未《いま》だにオルグレン家はローゼリア王国に於いて子爵位《ししゃくい》という爵位《しゃくい》は保有しているが、王国の直臣という立場から陪臣《ばいしん》という立場へと変わったという事実は、一種の降格とも言えるだろう。

現代社会で言えば、グループ企業《きぎょう》の本社社員から、グループ傘下《さんか》の別企業の社員へと雇用《こよう》が変わった様なものだ。

或いは正社員から、業務委託先《いたくさき》の社員に所属が変わったという方が近いかもしれない。

どちらにせよ、それは一般的《いっぱんてき》には降格や左遷《させん》と呼ばれる事が多い人事。

少なくとも、自らが望んでそんな人事を求める人間は極めて少ない。

だが、例外が無い訳ではないのだ。

(御子柴大公家はこれからも勢力を伸《の》ばしていく可能性が高い。それこそ、ローゼリア王国を飲《の》み込む可能性もあるだろう。この覇王《はおう》が率いるのであるなら……な)

強い者が弱い者を喰《く》らい、更《さら》なる力を得る。

弱肉強食の理こそが、この大地世界《アース》の根本的な原理であり真理。

そして、それを否定する事は出来ない。

否定する為には、結局自らが強者になるより他に道が無いのだから。

(だから、弱い者が強者に喰われるのは避《さ》けられない……ならば、少しでも犠牲《ぎせい》を減らし有利に喰われるべきだ)

そう思うからこそ、レナードは御子柴大公家に仕える事に決めたのだ。

祖国ローゼリアを襲《おそ》うであろう多くの苦難を、御子柴大公家の力を使う事で少しでも軽減する為に。

そして、レナードの若き主は、そんな臣下の期待に応えてくれるらしい。

腕組みをしながら宙を睨《にら》んでいた亮真が、徐《おもむろ》に口を開いた。

「ならば、敵軍に関してのもう少し詳細《しょうさい》な情報を集める事にしましょうか……戦の前に例の物が実用に耐《た》えるか確認をしておきたいですし……まぁ、ネルシオスさんの事だから、問題は無いとは思いますが……ね」

しかし、その言葉の真意を理解する者はこの場には誰《だれ》もいないらしい。

それは、亮真の左右に座《すわ》るマルフィスト姉妹《しまい》の表情から見ても明らかだろう。

「詳細な情報というのは、伊賀崎衆に命じて敵軍に潜入させるという事でしょうか？　確かに伊賀崎衆であれば何とか出来るかもしれませんが、今以上の負担を強《し》いるのは確実です。そうなると、こちらの防諜網《ぼうちょうもう》に綻《ほころ》びが生じる可能性が出て来るかと」

そう言うとローラは亮真を見つめる。

その目に浮かぶのは、その危険性を主が理解していない訳が無いという信頼《しんらい》と、伊賀崎衆を用いないのであれば他にどういう手段を用いるつもりなのかという疑問だ。

それは極めて当然な疑問だろう。

新参者であるレナードも同じ事を感じたし、それは自分の横に座るクリス・モーガンの表情から見ても同じなのだから。

(確かに、御子柴亮真が召《め》し抱《かか》えている伊賀崎衆という集団は凄腕《すごうで》だ。御子柴大公家の躍進《やくしん》には彼等の活躍《かつやく》が必要不可欠だったのは間違いない)

それはレナードも十分に理解している。

如何に御子柴亮真が稀代《きたい》の戦略家であろうとも、それだけで本領を発揮する事など出来ないのだ。

集められた情報を分析《ぶんせき》し、最善の対応策を導き出す。

その為には、何よりも正確な情報が必要不可欠なのだ。

（勿論、情報収集を行っているのは、伊賀崎衆だけではない。例えばローゼリア王国の貴族達に関する情報はエルナン・ゼレーフ伯爵《はくしゃく》が主導しているし、諸外国の動向や経済情報はシモーヌ・クリストフが率いるクリストフ商会の範疇《はんちゅう》……）

だが、今回の様な軍事に於いての情報収集となると、ゼレーフ伯爵やクリストフ商会から得られる情報では些《いささ》か心もとない。

そして、その足りない部分を担《にな》っているのが、伊賀崎厳翁《げんおう》と咲夜《さくや》達が率いる伊賀崎衆という事になる。

未だに、レナードは伊賀崎衆と直接的な接点を持っていないが、その程度の事情は既に把握《はあく》しているのだ。

そう考えると、敵軍の詳細な情報を得るには伊賀崎衆に命じて、敵軍の陣中《じんちゅう》深くに忍び込ませるより他に選択肢《せんたくし》は無い様に思えるのは当然だと考える。

（とは言え、如何に凄腕の密偵《みってい》とは言え限度がある。本国であるウォルテニア半島周辺の防諜《ぼうちょう》に加えて、リオネ殿《どの》と共にザルーダ王国へも派遣《はけん》しているのだ。単純計算上、今御屋形様の手元には従来の三分の一の規模しか残っていない事になる。その状況でエンデシアの情報収集に我《わ》が軍の防諜まで行っているのだ……今回の斥候《せっこう》で敵の進軍を事前に察知出来ただけ上出来だろう……）

これは伊賀崎衆の能力の問題ではない。

文字通り、人員的な問題で手が足りない筈《はず》なのだ。

そんな中、エクレシアが口を開いた。

どうやら、亮真の口ぶりから何か思い当たったらしい。

「それはもしかして、この前運んできた積み荷の事を言っているのかしら？」

そしてその問いに、亮真は悪戯《いたずら》っ子の様な笑みを浮かべて答える。

「ええ、きっと皆驚《みなおどろ》きますよ。何しろ、俺の切り札の一つですから……ね。まぁ、準備に時間が掛《か》かりますから、明日を楽しみにしていてください」

そう言うと亮真は高らかに笑い声を上げて見せる。

そして翌日の夕方、城塞都市ジェルムクの中庭では、大地世界に於ける恐らく最初であろう試みが行われようとしていた。

何しろ、この大地世界で人を乗せた熱気球を飛ばそうというのだ。

それは、軍事のみならず科学的にも大きな一歩だと言えるだろう。

恐らく、後世の歴史書に載るレベルの話だ。

それこそ、アメリカ合衆国の宇宙飛行士であるニール・アームストロングが、月面着陸に成功したようなレベルだろう。

或いは、ライト兄弟が飛行機を発明したのと同じようなものかもしれない。

実際、亮真の周りに立ち並ぶローラやサーラを始めとした御子柴大公家の面々も、エクレシアも目の前で行われる作業に興味津々《きょうみしんしん》といった感じだ。

（まぁ……俺達《おれたち》からすると大きな一歩どころか、半歩にすらも満たないんだが……ね）

それは、現代社会の恩恵《おんけい》と知識をその身に受けてきた人間であれば、誰もが感じる事だろう。

御子柴大公家の兵士達が手順書を下に籠《ゴンドラ》と球皮《エンベロープ》を繋《つな》いでいる姿を見ながら、御子柴亮真は苦笑いを浮かべる。

その笑みの中には、周囲の熱気や興奮に対しての、若干《じゃっかん》の冷めた感情が含まれていた。

しかし、大地世界の人間にとっては違《ちが》う。

科学と言う名の叡智《えいち》を未だに手にしていない大地世界の人間にしてみれば、これから起こる事は、まさに神の奇蹟《きせき》にも匹敵《ひってき》するのだから。

（大地世界の人間にしてみれば、人が空を飛ぶなんて考えられないだろうからな）

とは言え、より正確に言えば、この世界初の飛行は既に行われているのだ。

先の北部征伐に於いて、城塞都市イピロスを用いた際に伊賀崎咲夜とその配下の忍び達に依《よ》って既に成されている。

（だがまぁ、あれはあくまでも裏の話。俺達以外で知っているのはエレナさんだけだ……そういう意味だと、正式なお披露目《ひろめ》は今回が初って事になる……か。まぁ、双眼鏡《そうがんきょう》と同じくなるべく隠《かく》しておきたかった切り札だが仕方ない……な）

切り札と呼ばれる様な兵器には、大まかに二つの使い道が考えられる。

一つは存在を秘匿し、人目に付かない形で運用する方法。

これは、保有している事を匂《にお》わせる事すらも出来れば隠しておきたい類いの兵器だ。

現代社会で考えれば、化学兵器や生物兵器などがこれに該当《がいとう》するだろう。

普段《ふだん》は存在自体を秘匿し、いざと言う時の為に秘匿しておく類いの兵器。

これに対して、もう一つは積極的に保有している事を公表する形で使う運用方法だ。

これは、現代社会で例えるなら一番分かりやすいのは核兵器《かくへいき》の類だろうか。

実際に使用するというよりは、使用をちらつかせる事で相手に恐怖を与《あた》え戦意を削《そ》ぐという、いわば脅《おど》しの為の兵器だ。

秘匿と積極的な喧伝《けんでん》。

同じ切り札と呼ばれる様な強力な兵器でも、その性質はそれぞれに依って異なり、運用方法も真逆となってくる。

そういう意味からすると、亮真が保有する切り札は、どちらかと言えば人に見せたくない類いの物だと言えるだろう。

(何故《なぜ》なら、現物を見せてしまえば、同じ様な物を開発されないとは限らないだろうからな)

大地世界は確かに、現代社会に比べて技術的にはかなり劣《おと》った世界だ。

平均的な文明レベルとしては、流石《さすが》に原始時代や古代とは言わない物の、中世から十五世紀前後がやっとの水準と言ったところ。

恐らく現代の発展途上国《とじょうこく》と呼ばれる地域に暮らす人々の方が、遥かに文明的で文化的な生活を送っているだろう。

(だが、大地世界の全てが現代社会に劣っている訳ではない)

その顕著《けんちょ》な例こそ、法術と呼ばれる技術の存在だ。

それは、武法術、文法術、付与《ふよ》法術と呼ばれる三つの技術の総称《そうしょう》だ。

その中でも特に、付与法術と呼ばれる技術には、この大地世界の生活様式を根底から変革させるだけの潜在能力《ポテンシャル》が秘《ひ》められているというのが亮真の正直な感想だ。

問題は、その法術という技術の秘められた潜在能力《ポテンシャル》をどのように解放するかだが、それは恐《おそ》らく発想力や想像力という事になるだろう。

そして、発想力や想像力を生み出す上で最も効果的な方法の一つは、異質な物と異質な物を組み合わせる事だと言える。

そういう意味からすれば、大地世界の人間と現代社会の人間が交流するという今の状況は、大きな技術的発展の好機と言える訳だ。

(ただし、それを何の制限も掛けずに行えば、敵にも技術が流出してしまう……それでは技術を独占《どくせん》出来なくなるし、相手に対策を取られるという事に他ならない)

現代社会に於いて情報と技術を公開し、互《たが》いの機能を高め合うのが重要だという風潮が強いのは事実だろう。

企業同士が提携《ていけい》して業務を拡大するのも、そういう風潮があっての事だ。

また、IT技術の中でもオープンソースソフトウェアと呼ばれるものは、プログラムの根幹であるソースコードを公開する事で、大きな発展を遂《と》げてきたし、著名な料理人が自らの秘蔵のレシピを料理本で公開している。

そういった秘匿された技術の公開が切磋琢磨《せっさたくま》を生み、技術の発展に大きく寄与《きよ》してきたのは否定出来ないだろう。

そういう観点で考えれば、技術の秘匿や独占行為《どくせんこうい》は悪とまでは言わなくとも、好ましいとは言えないのは事実だ。

だが、それはあくまでも物事の一面でしかない。

そして、光には影《かげ》が有る様に、良い事には必ず悪い事が付いて回る。

全ての情報を公開するべきかと問われれば、亮真はそれが正しいとは思っていなかった。

少なくとも、無条件に全てを公開するべきではないと考えている。

(実際、現代社会でも情報公開が叫《さけ》ばれているとはいえ、実際に公開されている情報なんて全体からすれば、ごく一部に限定されているからな)

確かに情報公開される事で技術競争が起こり、結果としてより優《すぐ》れた物が生まれるのは事実だろう。

だが、そもそも競争をして技術を発展させる必要性が低い物も中には存在するのだ。

例えば、セキュリティ関連などの情報はまさにその対象。

例えば、犯罪者に鍵《かぎ》をピッキングされない様に技術を発展させたいので、鍵の内部構造を公開して切磋琢磨していきますなどという会社はまず存在しない。

もしそんな会社が本当に存在したら、正気を疑われるだろうし、下手をすれば犯罪者予備軍として白眼視されかねない。

それは会社ではなくロックスミスと呼ばれる様な鍵師でも同じだろう。

鍵の技術が発展する前に、その情報を悪用して窃盗《せっとう》や強盗《ごうとう》を行うという輩《やから》が急増する危険性の方が高いと誰もが思うからだ。

武術という技術も、基本的にはそれと同じだ。

（武に必要なのは技の秘匿……敵を殺し自分が生き残るのを目的とするのであれば、技を多くの人間に教え広めるのは危険でしかない）

中国武術では拝師と呼ばれる制度が有り、これを行った弟子《でし》は師と疑似的《ぎじてき》な親子関係を持つとされ、一般《いっぱん》の弟子とは稽古《けいこ》内容や伝授される技も異なってくるのだ。

また江戸《えど》時代、日本という国は藩《はん》に分かれて分割《ぶんかつ》統治されていたが、各藩《かくはん》には御留流と呼ばれる武術の流派が存在していたとされている。

それは、各藩の領内のみで伝承される武術の総称であり、他者に見せる事や藩の外に流出させる事を禁じていたという。

それこそ、他流試合そのものを禁じてもいるのだ。

継承者《けいしょうしゃ》一人にしか技術を伝授しない一子相伝などは、まさに技術の秘匿という考え方を究極にまで突き詰めた様なものだと言える。

では何故、他者に技を見せたり藩の外に流派を広めたりしないのかと言われれば、敵に手の内を知られない為《ため》だ。

敵を殺し、自分が生き残る事が主な目的ならば、情報は徹底的に隠すべきだし、逆に門下生を多くとり、収益を得たいと思うのであれば自分の存在をアピールし、技の有用性を誇示《こじ》する事で、周囲から興味を持って貰《もら》わなければならない。

（逆に、興行として収益を上げるスポーツなどは、広く周知しなければ見物人が集まらない。それはボクシングなどの格闘技《かくとうぎ》でも同じだし、柔道《じゅうどう》や空手などの武道においても同じだろう）

勿論、どちらが良い悪いの話ではない。

ただそれはまさに、武術とは真逆の考え方。

現代のスポーツ化した格闘技と武術は極めて近いが、何を求めているかと言う点で決定的なまでに違うのだ。

（まぁ、そういう意味からすれば、今回のお披露目は悪手ではある。エクレシアさんは同盟国の将だが、あくまでも他国の人間だからな……）

同盟国は仲間ではあるが、それはあくまでも期間限定の話でしかない。

勿論、百年も千年も友好を保ち同盟関係が続く可能性はあるだろう。

だがその一方で、明日の朝に突然《とつぜん》敵対関係にならないとは言い切れないのだ。

（勿論、考えすぎかもしれないが……ね）

しかし、最善を仮定して物事を進めると、裏目に出た時にリカバリーが出来なくなる。

それは、国家の舵取《かじと》りも、会社の日常業務も同じ事だ。

（だが、この状況で隠しての運用は無理だ……ならば、逆に公表する事で圧力を掛ける方が良い）

その結果、御子柴大公家恐るべしと、エクレシアが考えてくれればしめたものだ。

「御屋形様、準備が整いました」

兵士の一人が、亮真に向かって気球の準備が終わった事を報告する。

その報告に小さく頷《うなず》いて見せると、亮真はマルフィスト姉妹へと視線を向けた。

「それじゃあ、ローラ、サーラ、準備は良いな？」

そして、その問いに対してローラとサーラが小さく頷いて見せる。

「はい、バーナーの操作手順は既に理解しております」

「私の方も問題は有りません。姉さんが着けているウェザリアの囁《ささや》きとも既に連携《れんけい》済みです」

その言葉に、亮真は深く頷いて見せる。

そして、高らかに宣言したのだ。

「さぁ、では始めるとしようか！」

その言葉と共に、ローラと選抜《せんばつ》された二名の兵士が籠《ゴンドラ》の中へと乗り込む。

そして、籠の中央に設置されている煙突《えんとつ》の付いた箱の様な物に手を添《そ》えて術式を発動させる。

それから十分以上が経過しただろうか。

十分な浮力《ふりょく》を得た気球の力により、籠がゆっくりと地面から離《はな》れる。

「まさか、本当に宙に浮《う》くとは……」

エクレシア・マリネールは目の前の光景に目を見開いた。

それはエクレシアにとって有り得ない光景。

そんなエクレシアに対して、亮真は苦笑いを浮かべる。

(まぁ、こういう反応になるよ……な)

熱せられた空気が袋状《ふくろじょう》の球皮《エンベロープ》の中へと吸《す》い込まれていく。

付与法術を施《ほどこ》された装置がバーナーの代わりとなって熱気を生み出し、浮力を生じさせているのだ。

気球は天に向かってぐんぐんと上昇《じょうしょう》を始める。

どのくらいの時間が経《た》っただろう。

やがて気球は、雲を突《つ》き抜けた先の世界へと達した。

高度にして千メートル程だろうか。

周囲の空と同化し易《やす》い様に付与法術を施している事も有り、亮真達の肉眼では空という名のキャンパスに付いた一点のシミの様に見えるばかりだ。

「どうだ?　問題無さそうか?」

「はい、向こうとの通信状況は問題ありません」

亮真の問いにサーラは小さく頷く。

そして、サーラは身に付けていたウェザリアの囁きに向かって話しかけ始めた。

「姉さん聞こえる?　はい……とても良く聞こえます……感度良好です」

スピーカー機能が付いていないので、ローラとのやり取りは全てウェザリアの囁きを身に付けているサーラを通してしか行えないというのが些か不便ではあるだろう。

だが、現時点でそこまでの利便性を求めるというのも酷《こく》な話だ。

（まぁ、改善課題ではあるだろうな。とは言え現状では十分に戦を優位に進める兵器として活用出来るだろう。何しろ、この大地世界にはウェザリアの囁きの様な無線機に似た道具は存在しないから……な）

空高く舞《ま》い上がったローラとの交信を続けるサーラに対して向けられたエクレシアの顔をみれば、それは一目瞭然《いちもくりようぜん》だ。

そんなエクレシアの反応を尻目《しりめ》に、亮真は頭上に浮かぶ気球へと視線を向ける。

（あの高度からなら、敵に気付かれる恐れはないな）

勿論《もちろん》、対空装備などこの大地世界にはないだろうから、地上から気球を攻撃《こうげき》する手段は矢を射掛けるか、文法術による攻撃くらいしかないだろう。

とは言え、絶対に無いと言い切れないのも事実だ。

（以前、遠距離《えんきより》から狙撃《そげき》された事も有るからな……）

亮真も油断していた訳ではない。

だが、まさか銃《じゆう》による遠距離狙撃を受ける羽目になるとは思いつかなかったのは確かだろう。

物事に絶対はないという痛い教訓だ。

それを踏《ふ》まえて、あの気球の素材にはウォルテニア半島の怪物達から採取した素材を用いている。

それは、銃弾《じゆうだん》でも跳ね返せるくらいの強度と耐久性《たいきゆうせい》を誇ってはいるが、それでも絶対はないだろう。

(可能性は低いだろうが、ＦＩＭ‐92スティンガーの様な携帯型《けいたいがた》の対空ミサイルが、この世界に流れ着いていないとは限らないからな)

勿論、仮にそんな物騒《ぶっそう》な物が流れ着いていたとしても、大地世界の人間に使い熟《こな》せるかどうかは怪《あや》しい話だろうが、それでも避けられる危険は避けるべきだ。

だが、可能性を案じすぎて機を逸《いっ》するというのも愚《おろ》かな話ではある。

「そうか……なら、偵察を始めてくれ。何が見える？」

「遥《はる》か南方に敵軍を発見」

「距離《きょり》は？」

亮真の問いを伝え聞いたローラが、双眼鏡に装備した計測器の数値を素早く読み上げサーラに伝えた。

「距離は凡《およ》そ三十キロ……敵兵の数は恐らく十万以上かと……他に、攻城《こうじょう》兵器と思《おぼ》しき物も交ざっているとの事です」

その報告に亮真の唇から鋭《するど》い舌打ちが零れる。

(十万以上の兵か……やはり本国からの増援《ぞうえん》を待っていたという訳か……それに攻城兵器の準備)

攻城兵器と呼ばれる兵器の種類は多い。

城門を破壊《はかい》する為の破城槌《つい》や、城壁《じょうへき》を越《こ》える為の梯子《はしご》として用いる雲梯《うんてい》など、用途《ようと》に応じて様々な物が存在しているのだ。

（可能性が高いのは、城門を破る為の破城槌あたりだろうが、本格的に力攻《ぜ》めで陥落《かんらく》させるつもりだな）

ただ、そのどれを運んできたとしても、実戦で使用するには多大な労力と費用が必要になるのは共通している。

つまり、攻城兵器を準備してきた事で、敵軍の意図がある程度見えてくる訳だ。

（となると、今見えている範囲《はんい》で十万以上という事は、後詰《ごづめ》の後方部隊まで入れれば敵軍は十五万強にまで膨《ふく》れ上がる……いや、最悪二十万に届く規模の可能性も捨てきれない……か）

敵軍の数を指折り数えた訳ではないので正確なところは不明だ。

ただ、敵軍の将は愚か者ではない。

いや、愚かどころか相当な切れ者だと考えるのが妥当《だとう》だろう。

そんな敵が力攻めの攻城戦を行うとなれば、それだけの準備をしてきている筈なのだ。

（何しろ、ジェルムクを包囲して餌《えさ》として見せつけ、援軍《えんぐん》にやって来た敵を野戦で打ち破ろうなんて策を考えつく奴《やつ》だからな）

結果的に、亮真の奇策《きさく》が上回り戦況《せんきょう》を五分の状態にまで戻《もど》しはしたが、下手をすればあのまま援軍に来た亮真達《たち》を打ち破ってこの戦に勝利していた可能性だってあるのだ。

そんな戦略家が亮真達の兵力に関して、何の情報も持っていないなどという訳が無い。

如何に伊賀崎衆の防諜が優れていようとも、完全に情報を遮断《しゃだん》出来る訳ではないのだから。

正確な兵数は無理だとしても、概算《がいさん》は把握されていると考えるのが正しいだろう。

(俺《おれ》が包囲網《ほういもう》を突破《とっぱ》して入城している事から、ジェルムクの兵力が万単位で増えている事は理解している筈だ)

そうなると、敵から見た城塞都市ジェルムクの兵力は当初の二万を大きく超《こ》え、五万以上と推定するだろう。

(それに加えて、ミスト王国側の援軍が近々で派兵されてくるであろう事も計算に入れている筈だ。当然、ジェルムクを落とすつもりなら、本格的なミスト王国の援軍が到着《とうちゃく》する前という事になる……勿論、その援軍を野戦で打ち破るという計算で、再び長期戦を想定して動いている可能性もあるが……そいつは少しばかり考え難《にく》いだろうな。向こうも兵站《へいたん》にそこまでの余裕《よゆう》があるとは思えない)

何しろ、開戦当初から数えて既に三ヶ月近くが経過しようとしているのだ。

その間、消費した兵糧《ひょうろう》などの軍事物資は膨大《ぼうだい》な量に及《およ》ぶだろう。

当然、その負担は南部諸王国の中では強国と言われているブリタニアとタルージャの両国にとっても決して軽くはない。

元々、南部諸王国と言われる地域自体が経済的に貧しい地域なのだから。

(少なくとも、自国内だけでは賄《まかな》えないだろう……となると、周辺諸国から運ぶしかないが、シモーヌの報告だと、その形跡《けいせき》は見つからない……勿論、極秘《ごくひ》に運《はこ》び込《こ》んだという可能性もあるだろうが、完全にシモーヌが持つ情報網《じょうほうもう》を潜《くぐ》り抜けるのはまず不可能だ)

となれば、直ぐに兵糧が枯渇《こかつ》する事は無いにせよ、余裕があるとはとても言えない筈だ。

敵将の立場から考えると、長期戦は余り望ましくないところだろう。

(動員兵数を増やせば、それだけ兵站に負荷《ふか》が生じるからな)

そうなると、亮真としては、野戦に打って出るよりも、城塞都市ジェルムクに籠っての籠城《ろうじょう》戦を行う方が良いだろう。

(エクレシアさんの話だと、アレクシス・デュランが、もうすぐ援軍を率いて南下してくる筈だからな……持《も》ち込んだ火竜《かりゅう》の息吹《いぶき》を使えば、十分に持ち堪《こた》えられる筈だ)

それは、様々な情報から導き出した勝利への方程式。

少なくとも、現時点では最善の選択《せんたく》と言えるだろう。

だが七日後、その最善が最悪へと変貌《へんぼう》する事を、神ならぬ身である御子柴亮真は知る由も無かった。


太陽が中天に差し掛かる少し前くらいだろうか。

穏《おだ》やかな日差しが天から大地へと降り注ぎ、生命に太陽の恩恵を惜しみなく与えていた。

空は青く澄《す》み渡《わた》り、白い雲がゆっくりと天に浮かんでいる。

恐らく、野原にでも寝《ね》そべって、心地《ここち》よい風が吹《ふ》き抜けていくのを楽しめば、これほど優雅《ゆうが》で有意義な時間の過ごし方はないだろう。

そう言い切る事が出来る程、平和で穏やかな日。

だがこの日、ミスト王国の王都エンデシアでこれから起きる惨劇《さんげき》は、そんな穏やかさや平穏とは無縁《むえん》だった。

「陛下、宰相閣下《さいしょう》が謁見《えっけん》をお求めです」

執務室《しつむしつ》の扉《とびら》の外で待機している警備兵の一人が、謁見者の来訪を告げた。

その言葉を聞き、机に向かって日々の書類仕事に従事していたミスト国王フィリップは、羽ペンを動かすのを止《や》めると、徐に顔を上げる。

そして、壁際《かべ》に置かれた棚《たな》の上の置き時計へと視線を向ける。

「もうこんな時間か……構わない、通してくれ」

その言葉の後、執務室の扉が開かれ、一人の男が部屋の中へと入って来た。

「よく来てくれた……シュピーゲル宰相」

そう言うと、フィリップは椅子《いす》から立ち上がりシュピーゲル宰相を歓迎《かんげい》する。

国王であるフィリップが椅子から立ち上がって臣下を迎《むか》え入れたのだ。

それは、如何《いか》に相手が宰相であるといっても、些か過分な対応と言えるだろう。

だが、所詮《しょせん》ここは国王の執務室。

貴族達が立ち並ぶ、謁見の間ではないので、比較的《ひかくてき》自由が利かない事も無い。

そして、フィリップは異母弟に向けて笑みを浮かべながら頷いて見せた。

「オーウェン……お前には本当に感謝している。国王として、また兄としてもお前の功績を嬉《うれ》しく思うぞ」

それは、国王であるフィリップの心からの称賛《しょうさん》であり、感謝の言葉だ。

だが、そんな異母兄の言葉にシュピーゲル宰相は静かに謝絶する。

「いいえ陛下……私など大した事はありません。称賛されるべきは軍の編制計画を立てたエクレシア・マリネールであり、それを実際に行ったデュラン将軍でしょう。お褒《ほ》めの言葉は私ではなくあの二人へ……」

確かに、ジェルムクへ派遣する援軍の編制が難しい仕事である事は明らかだ。

特に、南北の経済格差から生じたミスト王国内に於《お》ける貴族間の軋轢《あつれき》は、国の根幹を揺《ゆ》るがす様な危険性を秘めている中で、南部貴族達から兵を募《つの》り援軍を編制するというのは、余程《よほど》の交渉《こうしょうりょく》力が無ければ難しいだろう。

実際、エクレシアはマリネール伯爵家《はくしゃくけ》が北部に属する貴族であるという事から、南部貴族の反発を受けた結果、ジェルムクへ派遣する援軍の編制に手間取ったのだから。

そして、エクレシアが立案した編制計画の後を引き継《つ》いだデュラン将軍の功績が大きいのも事実だ。

どれほど素晴《すば》らしい計画をエクレシアが立案しようとも、それを実行に移せるかどうかは、また別の話なのだから。

そういう意味からすれば、エクレシアとデュラン将軍の二人が称賛されるべきだというシュピーゲル宰相の言葉は正しい。

しかし、そんなシュピーゲル宰相の言葉に対して、フィリップは静かに首を横に振《ふ》った。

「何を言うのだ。この度の国難に際して、お前が色々と力を尽くしてくれている事は分かっている。ジェルムクへ派遣する軍の兵站を確保するのは大変だっただろう。それに、デュラン将軍の現役《げんえき》復帰にも随分《ずいぶん》と尽力《じんりょく》してくれた……エクレシアやデュラン将軍の功績が大きいのは私も理解しているが、だからと言ってお前の功績が否定される訳ではないのだぞ？　もっと胸を張れ……我が弟よ……何《いず》れ今回の戦が落ち着いた時には、必ずその働きに見合うだけの褒美《ほうび》を与えるからな。期待して待っていて欲《ほ》しい」

そう言うと、フィリップは両手を広げて最愛の異母弟を抱《だ》き寄せる。

その言葉に含まれているのは悲しみと憐みだろうか。

実際、フィリップにとって、異母弟であるオーウェン・シュピーゲルは、姪《めい》であるエクレシアとは違う意味で愛《いと》おしい家族なのだ。

（今迄《まで》オーウェンは側室の子供と言うだけで難しい立場に置かれてきた……母親の実家は北部貴族との政争に負けた結果、経済的にあまり裕福《ゆうふく》とは言えなかった筈だから、実家からの援助《えんじょ》は殆《ほとん》ど期待出来なかっただろうしな）

同じ国王の息子《むすこ》という立場ではあるが、其処《そこ》には純然たる格差が存在する。

特に、産みの母親の実家の権勢は、その子供の環境《かんきょう》に大きく影響《えいきょう》を与えてしまう。

母方の実家から事ある毎《ごと》に贈《おく》られる貢《みつ》ぎ物の内容や頻度《ひんど》も変わってくるし、何よりも王子と関係を持とうという貴族の数が大きく変わって来るからだ。

そして、母方の実家からの援助が少ない子供は、どうしても王位後継《こうけい》の候補者から脱落《だつらく》してしまう事が多い。

勿論、その子供の能力や性格なども王位継承《けいしょう》争いの勝敗を左右する大きな要因にはなるだろう。

実際、国王が暗愚《あんぐ》な嫡男《ちゃくなん》ではなく、有能な末子《ばっし》に王位を譲《ゆず》ったという歴史が有るのだから。

ただ、そこ迄極端《まできょくたん》な例は数が限られているのも事実だろう。

何しろ、子供達が王族として受ける教育の内容は殆ど変わらないのだ。

必然的に、能力的にはどんぐりの背比べとなる事が多い。

そうなると、誰が次期国王の候補として有力かを判断する基準は母親の実家の権勢という事になる訳だ。

そういう意味からすれば、王位継承権を持つ王族でありながらも、母方の実家からの援助が期待出来ないシュピーゲル宰相は、貴族達にとって賭《か》けの対象にすらならない駄馬《だば》だったという事になる。

誰だって、勝ち馬に乗りたいと思うのが人情なのだから。

その結果、シュピーゲル宰相は不遇《ふぐう》な幼少期を過ごしてきた。

貴族達から公然と愚弄《ぐろう》され、侮辱《ぶじょく》された事も決して少なくはない筈だ。

(だからこそ、私はオーウェンに宰相という立場を与え、出来る限り引き立ててきたつもりだ……だがやはり、どこか遠慮《えんりょ》というか隔意《かくい》を感じる)

フィリップはオーウェン・シュピーゲルという男を宰相に任じた自分の判断が間違《まち》っている

と思った事は無い。

勿論、貴族達の間では側室の息子という事もあってか、やっかみ半分で色々と陰口《かげぐち》を叩《たた》かれている事はフィリップも知っている。

しかし、確実な仕事ぶりにも、政治的な能力にも不満はないし、その忠誠心を疑った事も無い。

だが、やはり同じ血を引く身内という立場でありながら、一歩も二歩も身を引いている様に感じるのだ。

(私が幾《いく》ら褒美を与えるといっても、オーウェンは固辞する事を選ぶだろう……周囲からの反発を避ける為に……な)

それが、オーウェン・シュピーゲルという男の処世術なのだ。

それを分かっているからこそ、フィリップは悲しみと憐みを感じてしまう。

周囲から正当な評価を受けられない境遇《きょうぐう》と、そんな周囲の目を気にして己《おのれ》を抑《おさ》え続ける異母弟に対して。

しかし、今日のシュピーゲル宰相は違った。

「そうですか……では陛下……いえ異母兄殿《あにうえどの》。一つ褒美を強請《ねだ》っても良いでしょうか? 貴方《あなた》にしか与えられない物を……ね」

その言葉を聞いた時、フィリップは言い知れぬ悪寒《おかん》を感じた。

フィリップは本能的に抱き抱えていたシュピーゲル宰相の体を撥《は》ね除《の》けようとする。

だが次の瞬間《しゅんかん》、フィリップの左の脇腹《わきばら》に冷たい物が差し込まれた。

そしてその冷たい何かは、フィリップの中でぐるりと回転した。

内臓が掻《か》き回される感覚がフィリップを襲う。

全身から力が抜《ぬ》け、視界が霞《かす》んでいく。

その、霞む瞳《ひとみ》に映るのは異母弟の醜《みにく》く歪《ゆが》んだ顔だ。

「馬鹿な……どうし……て……」

そう小さく呟《つぶや》くと、ミスト国王フィリップは床《ゆか》に倒《たお》れ込んだ。

そんな異母兄を見下ろしながら、シュピーゲル宰相は小さく呟く。

「それでは、確かに褒美は頂戴《ちょうだい》しましたよ……この国の王冠《おうかん》という名の褒美を……ね」

そして、シュピーゲル宰相は手にしていた短剣《たんけん》をフィリップの遺体の近くに置いた。

そして、懐《ふところ》から絹のハンカチを取り出すと、血に濡《ぬ》れた手を拭《ぬぐ》う。

「済んだ様ですな」

その時、背後から男の声がした。

「あぁ……見ての通りだ。私は国王である兄を手に掛けた……」

そう言いながら振り返ったシュピーゲル宰相の目に映るのは、鎧兜《よろいかぶと》に身を固めたアレクシス・デュランの姿だ。

その手に握《にぎ》られているのは血塗《ちぬ》られた剣《けん》。

恐らくは、執務室の外に詰《つ》めていた衛兵の血だろう。

「では、この後は手筈《てはず》通りという事で」

「分かっている……早くやってくれ」

そう言うと、シュピーゲル宰相は静かに目を閉じた。

既《すで》に必要な準備は出来ている。

後は、事前の計画通りに自らの役目を務めるだけだ。

「ご安心を……では！」

その言葉と同時に、デュラン将軍は無造作に剣を振るった。

そして、フィリップの体に重なる様に倒れ込んだシュピーゲル宰相を尻目に、執務室の窓を蹴破《けやぶ》ると高らかに叫ぶ。

「曲者《くせもの》だ！　陛下と宰相閣下が襲われた！」

その言葉が合図だったのだろう。

王宮の各所から火の手が上がる。

そしてそれは、混乱と狂乱《きょうらん》の渦《うず》を伴《ともな》いながら、王都エンデシアという巨大《きょだい》都市を飲み込んでいくのだった。


その夜、城塞《じょうさい》都市ジェルムクは蜂《はち》の巣を突いた様な喧騒《けんそう》に見舞《みま》われた。

「どうなっている！　陛下が崩御《ほうぎょ》されただと？」

王都エンデシアから齎《もたら》された国王暗殺という凶報《きょうほう》と、新国王に国王の弟であるオーウェン・

シュピーゲルが即位《そくい》するという情報が兵士達の間に広まったからだ。

それはまさに、驚天動地《きょうてんどうち》とも言うべき内容だろう。

戦時中の国王が急死したのだ。

しかも、王都エンデシアでは王宮や城下町の各地で同時期に火災が起きたと聞かされれば、平静を保てる兵士は少ない。

そして、兵士達は事実と推論を交えつつ饒舌《じょうぜつ》に事態を語り合うのだ。

余りにも想定外の事態だからだろう。

そして、状況《じょうきょう》が分からないが故に、口を閉じて沈黙《ちんもく》を守るのが怖《こわ》いのだ。

その結果、中途半端《ちゅうとはんぱ》に聞き齧《かじ》った情報が彼《かれ》等の口から放たれる度に、嘘《うそ》と真実が絶妙《ぜつみょう》に交ざり合わさった流言を紡《つむ》いでいく。

「馬鹿な、陛下が暗殺されたと言うのか！」

「俺も信じられないが、さっき新国王の即位を宣言する使者が来たんだ。まさか、死罪を覚悟《かくご》でこんな冗談《じょうだん》を言う訳がないだろうが！」

その言葉に、周囲の兵士達は返す言葉を失う。

実際、国王死亡などという嘘を口にする人間はまずいない。

いや、普通《ふつう》の感覚なら出来ないと言う方が正しいだろう。

そもそも、現代社会と異なり、この大地世界では身分が上位の人間を下の人間が批判するというのは、命の危険が及びかねない蛮行《ばんこう》の類と言えるだろう。

国の政策に反対したりすれば、それは文字通り命懸《いのちが》けという事になる。

実際、酒場で酒を飲んでいる時に、税の取り立てに対して愚痴《ぐち》を口にする程度は誰でもする事だが、本来であればこれもかなり危険な行為《こうい》。

一応、酒場の愚痴程度であれば、お目溢《めこぼ》しに成ってはいる。

国側も平民階級のガス抜きという事を理解しているからだ。

しかし、圧政を強いる貴族が治めている領地なら、その愚痴を零《こぼ》す程度であっても投獄《とうごく》されかねないだろう。

たかが愚痴を口にするだけでも文字通り命懸けなのだ。

ましてや、自国の国王が死んだなどと言う話は、噂話《うわさばなし》や冗談にしても笑えない。

それは文字通り、謀反《むほん》の画策とも問われかねないのだから。

もし仮に、その話が街を巡回《じゅんかい》する衛兵や役人の耳にでも入れば、噂話を口にした当人は、謀《む》反人《ほんにん》として絞首刑《こうしゅけい》か断頭台行きとなるだろう。

それも、裁判を受けて有罪判決を受けるのであればまだマシな結末だ。

大抵《たいてい》の場合は、裁判を受ける前の捜査《そうさ》の過程で拷問《ごうもん》死する羽目になる。

しかも、本人だけの処罰《しょばつ》ではまず済まないだろう。

一族郎党《ろうとう》が連座の下に奴隷《どれい》身分に落とされるか、場合によっては死刑《しけい》に処される可能性だってあるのだ。

そしてそれは、老いも若きも問わないし男女も関係ない。

軽い気持ちで口にするには、あまりにも重い代償《だいしょう》だと言えるだろう。

だがそれは皮肉な事に、エンデシアから派遣されたという使者の言葉が真実である事の証明にもなってしまうのだ。

ましてや、今は膠着《こうちゃく》状態とはいえ戦の真っ最中。

その最中で自国の国王が暗殺され、王弟であるオーウェン・シュピーゲルが新たな国王として即位すると聞かされれば、兵士達が不安に駆《か》られるのも当然と言えるだろう。

そして、当然ながら犯人探しが始まる。

「首謀者《しゅぼうしゃ》は誰《だれ》だ?!」

「分からないという話だ……一番可能性が高いのはブリタニアかタルージャだろうが、オルトメア帝国《ていこく》という可能性も」

「いや……俺が聞いた話では、どうやら北部の貴族達が送《おく》り込んだ刺客《しかく》という話だ」

「それこそ馬鹿げている。今の状況で、何故《なぜ》北部貴族が陛下の命を狙《ねら》うのだ?」

兵士達は何の根拠《こんきょ》もない憶測《おくそく》を口々に語る。

だが、話しているうちに、それが真実な事の様に思えてくるのだ。

勿論、ミスト王国に内在している南部と北部の経済格差の存在と、そこから生まれる確執《かくしつ》は兵士達も理解していた。

だが、だからと言ってブリタニアとタルージャ王国が城塞都市ジェルムクを攻《せ》めている状況で、国王暗殺などという暴挙を起こすとは考えにくい。

普通に考えれば、子供でも分かる理屈《りくつ》だろう。

しかし、その分かり切った理屈が、何故か分からなくなってしまうのだ。

そして兵士達の喧騒を他所《よそ》に、城塞都市ジェルムクの中央に聳《そび》える屋敷《やしき》の一室では、御子柴亮真が一人思案に明け暮れていた。

側近であるマルフィスト姉妹《しまい》の姿も此処《ここ》にはない。

「やってくれたぜ……どこの誰が描いた絵かは分からないが、まさかエンデシアで政変が起こるなんて……な」

そんな言葉が亮真の口から零れた。

「エクレシアさんが落ち着くには数日は掛かるだろう。その間に対策を立てるしかないか」

実際、エクレシアの動揺《どうよう》は大きいのだ。

凶報を聞いたエクレシアは今、自室に引き籠《こも》ってしまっている。

何しろ、フィリップは敬愛する主君というのみならず、伯父《おじ》と姪の関係なのだ。

単なる君臣の関係ではなく、文字通りの身内だ。

それも、単に血縁《けつえん》関係があるというだけではない。

エクレシアの父親がなくなり、彼女《かのじょ》がマリネール伯爵家を継いだ時から、事ある毎に何くれと無く世話を焼いてくれる伯父を喪《うしな》ったのだ。

文字通り、父親代わりと言っていいだろう。

そんな存在を突然失ったとなれば、如何に【暴風】と呼ばれる女傑《じょけつ》であろうとも、平静を保つのは難しい。

（まぁ、身内の訃報《ふほう》を聞かされれば無理もないか……ましてや、そういった個人的な事情とは別に、北部貴族による暗殺の噂《うわさ》まで流れているとなれば……な）

事の真偽《しんぎ》はともかくとして、そういった噂が兵士達の間に流れているというだけで、王国北部に領地を持つエクレシアにとっては痛手でしかない。

そして、その痛手は亮真の立てた基本戦略を根底から揺るがしかねないのだ。

亮真はエクレシアの反応を思い出し頭を掻《か》いた。

それは珍《めずら》しく、御子柴亮真という男が苛立《いらだ》っている事の証だ。

とは言え、それも無理からぬ事だろう。

実際、今の状況はかなり不味《まず》いのだ。

国王暗殺が誰の主導によるものだったにせよ、ミスト王国という国の政治は確実に変わるだろう。

（問題は、それがどう変わるかだが……最悪、ミスト王国は四ヶ《か》国《こく》連合から撤退《てったい》しかねないだろうな）

勿論、それはあくまでも現時点における最悪の仮定。

何も変わらない可能性も十分に考えられる。

或《あ》いは、国王暗殺という暴挙を許すなと国論が沸《わ》き上がり、新国王の下でミスト王国の民が結束する可能性だって皆無《かいむ》とは言えないのだから。

だが、エルネスグーラ王国を盟主とした四ヶ国連合からの脱退《だったい》や、オルトメア帝国との和平路線に方向転換《てんかん》をしないという確証はない。

それを判断出来るだけの材料である、新国王に即位するというオーウェン・シュピーゲルという人物の情報を、亮真が持っていないからだ。

それに加えて、亮真は更《さら》に差し迫《せま》った問題を抱《かか》えている。

(ジェルムクに籠っての籠城戦を行うつもりだったが、こいつは……無理だろうな)

城に籠っての籠城戦を選択する場合、事前に解決しておくべき幾つかの条件が存在している。

例えば、兵糧や武具など軍事物資の確保や、防衛施設《しせつ》である城壁や城門の補修、救援《きゅうえん》の援軍がいつ現地に届くかの確認《かくにん》など枚挙に暇《いとま》がない。

だが、その中からたった一つだけ、最も重要な要素を挙げるとするならば、御子柴亮真は迷う事無く兵の士気と答えるだろう。

(実際、人は飢《う》えていても、武器が無くても、援軍が来なくても戦い続ける事が出来る。敵を殺すという堅《かた》い意志と覚悟さえ揺らがなければ……な)

武器や兵糧が倉庫に山と積まれていれば人は安心するし、援軍が何時何時《いつなんどき》までに来ると分かれば、それまで持ち堪えようとするものだ。

終わりが見えるというのは、それだけ人間の心理に大きく作用するからだ。

簡単に言ってしまえば、モチベーションをどう保ち続けるかという事になる。

逆に言えば、兵糧の多寡《たか》や援軍の有無《うむ》は重要ではあるだろうが、それだけで兵士の士気を保てる訳ではないのだ。

そういった諸々《もろもろ》の要素を全て満たしていたとしても、兵士達の士気を維持《いじ》出来なければ籠城戦は不可能になる。

(だが、その士気が最悪の状態だ。ジェルムクの守備隊は元より、エクレシアが王都より引き連れて来た三千の援軍も突然の凶報に戸惑《とまど》い恐れている)

この状況下で籠城戦を行っても碌《ろく》な事にはならない。

ジェルムクから逃《に》げだす兵士も出るだろうし、怖いのは自己保身から敵に内通する可能性も考えられる。

そして問題は、実際にそういった行動を兵士が取らなかったとしても、亮真は常にそういった可能性を考慮《こうりょ》しながら籠城戦を戦う羽目になるという点だ。

それはまさに、自分の背中を常に警戒《けいかい》しながら敵と戦う様な物だろう。

そんな状況では、如何にジェルムクという防衛施設を盾《たて》にして戦えるとは言え、自軍の三倍近い敵を相手には出来ない。

(それに、エンデシアからの援軍がどうなるかも気になるし……な)

派遣《はけん》するのかしないのか、仮に派遣するのであれば到着は何時頃《ごろ》になるのか。

そういった情報が今のところまだ亮真の下には届いていないという点だ。

(何れ、ミスト王国側から使者が来る筈《はず》だ。それとエンデシアに潜《ひそ》ませてある伊賀崎衆の報告を合わせれば、大筋の方向性は見えてくるだろう)

亮真も、別にこんな展開を見越《みこ》していた訳ではない。

だが、亮真が咲夜に命じて伊賀崎衆の一部を王都エンデシアの情報収集に人員を割《さ》かせていたのは、どうやら正しい判断だったらしい。

（援軍を派遣しないいなら、それはそれで仕方がない……国王が襲撃《しゅうげき》されて死亡したとなれば、国の体制を立て直すのが最優先だろうからな。しかも、北部貴族の暗殺が噂されている以上、事の真偽はともかくとして、新国王はどうしても手元に兵力を温存しておきたくなるのが人情だろうから……な）

もし仮に、ジェルムク救援の為の援軍を派兵するとしても、その規模は当初の想定から大分小さくなる筈だ。

（エクレシアさんの話だと、当初編制しようとしていた援軍の兵数は十万。だが、その半分もこちらに回してくれれば御《おん》の字《じ》だろうな……下手をすれば三万前後って可能性も考えられる）

敵軍を打ち払《はら》うのであれば十万以上の兵力が必要となるだろうが、城塞都市ジェルムクに籠って敵の兵糧が尽《つ》きるまで耐《た》えるという戦術を選ぶのであれば、御子柴大公軍と併《あわ》せて八万程もいれば防げなくもないという計算も成り立たない訳ではないのだから。

（だがもしも、アレクシス・デュランが、編制した軍の大半をこちらに派遣してくると決断したならば……それは俺の勘《かん》が正しかったたって可能性が高い）

それはまさに、亮真が想定している状況の中でも最悪の展開だろう。

そして、それはある意味、荒唐無稽《こうとうむけい》とも言うべき可能性を示唆《しさ》してもいる。

とは言えそれは、今の段階では白黒を付け様がない話でもあるのだ。

(全てが俺の勘違《かんちが》いという可能性だってない訳じゃないし、俺にそう思わせる為に仕組まれた罠《わな》という可能性だって無い訳じゃないからな)

人を信じ過ぎるのは悪手だ。

だが、人を疑いすぎるのもまた悪手と言える。

大切なのは、その人間を信じるべきか、信じるべきではないかの見極《みきわ》め。

(それには、やはり確証が欲しい。エクレシアさんを納得《なっとく》させられないだろう。それに万が一俺の勘違いであった場合、ミスト王国との間にも修復不可能な傷が残りかねないからな)

迅速《じんそく》な判断は大切だが、外交が絡《から》む場合は、必ずしも速さが優先される訳ではないのだ。

それこそ、情報が足りない状態のままで拙速《せっそく》に判断を下す事で、無用な争いを生み出す可能性だってあるのだから。

(だが、準備はしておかなければならないだろう)

何れ白黒を付ける日は来る。

問題は、何時どのタイミングで、その判断が付くかという点だ。

そして、その白黒を付けるタイミングを見誤れば、恐《おそ》らく御子柴亮真はこのジェルムクで死ぬ羽目になる。

(鍵《かぎ》を握るのはあの男だな)

亮真の脳裏《のうり》には、一人の冴《さ》えない中年の顔が浮かんでいた。

第四章　怒《いか》れる雷帝《らいてい》

三日後、王都エンデシアよりアレクシス・デュラン率いる総勢十三万を超える大軍勢が、城塞都市ジェルムクへ向けて進軍を開始したとの報告が、王都エンデシアから派遣された伝令に依《よ》って城塞都市ジェルムクへと齎された。

兵士達の顔に歓喜《かんき》の色が浮かぶ。

ジェルムクの住民達の顔にも安堵《あんど》の色が広がっていた。

アレクシス・デュランという男には、それだけの実績と力があるのだ。

ジェルムク守備隊の兵士にしてみれば、まさにこの日の為《ため》に戦い続けてきたと言っても過言ではないだろう。

だがそれは、御子柴亮真《みこしばりょうま》の予想が正しかったという証に他ならなかった。

その夜、青白い月明かりが窓から部屋の中へと降り注ぐ中、一人の男が椅子に座《すわ》り机の上に置かれた書状を見つめていた。

それはまるで、これから起こる戦に月の女神《めがみ》が憐みを表しているかの様な、静謐《せいひつ》で清らかな光だろう。

そんな月明かりの中で男が思《おも》い悩《なや》むのはただ一つ、これから起こる戦をどう終わらせるかという事だけだろう。

（王都エンデシアに残したミスト王国軍は僅《わず》かに五千か。近隣《きんりん》の貴族達から兵力の提供を受けてもいない上に、援軍を率いるのはアレクシス・デュラン……確定だな……今回の絵を描いたのが誰かは分からないが、アレクシス・デュランは敵の仲間だ）

沸き立つ歓喜の声を聴《き》きながら、王都エンデシアに潜伏《せんぷく》している伊賀崎《いがさき》衆からの報告を、執務室で一人目を通していた亮真の口から深いため息が零れた。

そしてそれは、御子柴亮真が出征《しゅっせい》前に立てた、ザルーダ王国救援の為の前提条件が根こそぎ覆《くつがえ》った事を意味していた。

「早急《さっきゅう》にエクレシアさんと話すより他に手は無いな……本当なら、もう少し時間をおいてやりたいとは思うが……」

そう小さく呟くと、亮真は机の上に置かれた呼び鈴《りん》を鳴らす。

ほんの僅かに残された活路を切り開く為に……。


翌日、城塞都市ジェルムクにあるその部屋に集められたのは、御子柴大公家が誇《ほこ》る精鋭達《せいえいたち》と、エクレシア・マリネール、そして国境守備隊の大隊長にして、御子柴亮真が入場するまでの間、ジェルムク防衛の指揮を執《と》ってきたハンス・ランドールと言った面々だった。

二十人くらいが囲めるような大きな長机が中央に設《しつら》えられており、そこに各将達が腰掛《こしか》けている。

文字通り、ジェルムク防衛戦に於ける首脳陣《しゅのうじん》が勢ぞろいしている事になるだろう。

時刻は午後三時に差し掛《か》かろうかといった所だろうか。

開始が昼食を取った後直《す》ぐだから、既に会議は二時間にも及んでいる。

そろそろ、共有するべき情報も粗方《あらかた》出尽くしたと言った頃合《ころあ》いだ。

そんな中、各所から齎された現状報告を聞き終えた御子柴亮真が徐《おもむろ》に口を開いた。

「さて、皆《みな》さんからいただいた情報を基に、今後の方針を決めなければいけませんが、皆さんはどのようにお考えでしょう？　俺としてはデュラン将軍の軍勢が到着するのを待って、反撃《はんげき》に出るのが一番良いと考えていますが……」

その言葉に、エクレシア・マリネールが軽く首を傾《かし》げる。

「それでは、ジェルムクに籠って籠城戦を行うのね？」

張りと意志に満ちた声だ。

国王であり伯父であるフィリップの悲報を受けて一時は自室に籠っていたのだが、どうやら気持ちの整理を付けたらしい。

数日前の憔悴《しょうすい》しきった顔つきと比較《ひかく》して、かなりマシになってきたと言っていいだろう。

いや、心理的な回復というよりは、何かを固く決意した結果だろうか。

その目に浮《う》かぶのは、鬼気《きき》の如き暗く冷たい炎《ほのお》だ。

そして、そんなエクレシアの視線を真っ向から向けられながら、亮真は落ち着き払って頷《うなず》く。

「ええ、先日行った偵察《ていさつ》により、敵の連合軍は推定で十万を超える事が確認されています。それに対してこちらは俺の軍四万に加えてエクレシアさんが率いてきた兵三千とジェルムクに籠っていた国境守備隊の兵士が凡そ一万。合わせて五万五千程です。野戦に持ち込んで決着を付けるというのは少しばかり厳しいでしょう。ですが、このジェルムクに籠っての籠城戦であれば十分に勝算はあります」

勿論、野戦に持ち込んで決戦を仕掛《しか》けるというのも悪くはないが、兵站《へいたん》に余裕が有り、援軍の到着が見込《みこ》まれるのであれば、より安全策を取るというのはそれほど可笑《おか》しな事ではない。

何より、御子柴大公軍はあくまでもミスト王国への援軍であり、本来であれば主戦力として扱《あつか》われるのは問題が有るのだ。

勿論、本来主力を担《にな》うべきミスト王国側で軍編制に手間取ったという事情が有るので、状況《じょうきょう》的に致《いた》し方《かた》ない事だったのは確かだ。

とはいえ、戦後の処理に大きく影響を及ぼすのは目に見えている。

特に恩賞の部分では揉《も》めるだろう。

現状では、ローゼリア王国に所属している御子柴大公軍が戦功第一なのだから。

そういう意味から考えても、ミスト王国が誇る猛将《もうしょう》の到着を待つというのは理にかなっていると言えるだろう。

「確かに、デュラン将軍が援軍を率いて南下してくる以上、それが妥当でしょうね」

そう言うとエクレシアは腕《うで》を胸の前で組みながら深く頷いて見せる。

それは、現状を考えれば最善ではないかもしれないが、十分に妥当な判断だと言えるだろう。

実際、この場に出席している他の諸将にしても、特に異論はないらしい。

そんな周囲の様子を横目に、ハンス・ランドールは一人ほくそ笑《え》む。

(まぁ、そういう選択になるだろうな……結局、デュラン将軍の見立て通りのオチに落ち着いたという訳……か)

それは、罠に掛かった憐《あわ》れな獲物《えもの》に向ける猟師《りょうし》の笑みだろう。

だから会議が終わって解散した後も、ハンスは気が付かなかったのだ。

陰《かげ》の中から自分に向けられていた視線の存在に。


その夜の事だ。

時刻は深夜二時を過ぎた頃だろうか。

ハンス・ランドールは城塞都市ジェルムクの北側の城壁に続く階段を上っていた。

ただ今のハンスを見て、この人物が国境守備隊の大隊長であるハンス・ランドールであると見抜《みぬ》ける人間はまずいないだろう。

まず装《よそお》いだが普段《ふだん》の鎧《よろい》姿ではない。

黒いローブに付いたフードを目深《まぶか》にかぶり、その右手には小さな籠を下げている。

そして何より、その足取りが普段とは決定的に違《ちが》っている。

それは、猫《ねこ》科の猛獣《もうじゅう》の様なしなやかさと、軽《かろ》やかさに満ちた手練《てだ》れの所作。

それに加えて、人目を避《さ》けるように城壁の上へと進むハンスは、その気配を見事に消していた。

その動きを見れば、この男が諜報《ちょうほう》活動に従事する密偵《みってい》である事が良く分かるという物だ。

そんなハンスの、フードの奥《おく》に隠《かく》された顔に浮かぶのは、昼間の会議に於いて御子柴亮真が籠城戦を行うと決めた事に対しての嘲笑《ちょうしょう》だろうか。

(【イラクリオンの悪魔《あくま》】だの、【覇王《はおう》】だ何だと随分御大層《ずいぶんごたいそう》な噂ばかり聞かされていたが、所詮は経験の浅い若造という事か……自分の足元に墓穴《ぼけつ》を掘《ほ》られている事も気が付かないとはな)

実際、ハンスの眼から見れば、御子柴大公軍がジェルムクに籠城するというのは、自ら死地に飛び込む様なものでしかないのだろう。

それは、結末の分かった物語を呼んでいるかの様な心境だろうか。

(相当に危険な相手と言う話を聞いていたからこちらも警戒していたが……俺を疑う素振《そぶ》りすら見せなかった。まぁ、俺の肩書《かたがき》は所詮、国境守備隊の大隊長だ。疑う程の役職じゃない。それに、こんなところにまで組織の人間が潜《もぐ》り込んでいるとは普通は考えないか……)

ミスト王国には、デュラン将軍の出世や諜報活動を補助する為の人員が組織から何人も送り込まれている。

その一人であるハンスは、長年ジェルムクの国境守備隊に属して、可もなく不可もない仕事ぶりを周囲に見せつつ、王国南部の貴族達に関する情報収集に当たって来た。

そして、今回ハンスが組織から与《あた》えられた仕事は、この城塞都市ジェルムクに御子柴亮真と彼の軍勢を張り付かせる事と、御子柴大公軍の動向をデュラン将軍に報告するという一つという事になる。

だが、どうやらハンスの仕事はまもなく終わりを告げる事になるらしい。

(まぁ、今回の策を見抜く事が出来る筈がないか……何しろ、あの方が六十年近い年月の間、積み上げて来た忠誠と実績は本物だからな。そんな人物が祖国を裏切ると考えるのは中々に難しいだろう)

デュラン将軍が組織の命を受けて、ミスト王国という国に仕官したのは事実だ。

そして、組織の助力を受けて将軍にまで上り詰めたのもまた事実だろう。

そういう意味からすれば、アレクシス・デュランという人間一人の力で、此処までの出世はは成し得なかったという見方は正しいのかもしれない。

組織の助力があってこそ、アレクシス・デュランが将軍という地位を得たのだと言えなくもないのだから。

だが、それではデュラン将軍という人物がミスト王国で積み上げた戦功が偽《いつわ》りだったかと言われれば、そうとは言えない。

少なくとも、その積み上げてきた戦功と、卓越《たくえつ》した能力は本物だ。

(それは、あの方を裏から支えてきた俺達《おれたち》が一番よく分かっている事だ。そんな偉大《いだい》な英雄《えいゆう》を隣国《りんごく》から派遣された援軍《えんぐん》の将が疑うというのも無理な話だな)

実際、組織という存在を知らなければ、デュラン将軍の行動を説明する事は出来ない。

仮に、御子柴亮真がデュラン将軍に対して何か不審《ふしん》な物を抱かせたとしても、六十年近くもの間、ミスト王国に仕えてきたという実績と、彼が積み上げてきた戦功が、その疑惑《ぎわく》の目を黙《だま》らせるのだ。

そして、それこそがまさに、組織がデュラン将軍に求めている事であり、長年多額の援助をしてでもミスト王国へ潜入《せんにゅう》させた理由だろう。

(全ては、事前の計画通り……まぁ不測の事態に陥《おちい》るよりはマシ……か)

とは言え、今のハンスの心境を言葉で表すと些《いささ》か拍子抜《ひょうしぬ》けといった所でもあるのだろう。

だが、ハンスがするべき事は何も変わらない。

(まぁ、良いだろう……俺《おれ》は俺の役割を果たせば良いだけだ……)

やがて、目的の場所へ着いたハンスの足が止まる。

(同じ地球から召喚《しょうかん》された同胞《どうほう》が無残な死を迎えるというのも些か心苦しいが……これも運命だと思って諦《あきら》めてくれ……我々の邪魔《じゃま》をする君という存在が悪いのだからね)

ハンスは手にしていた籠から一羽《わ》の鳥を取り出した。

その足には小さな筒《つつ》が取り付けられており、中には御子柴大公軍が籠城戦を選んだという情報が記されている。

そしてハンスは、最後に足に取り付けた筒がしっかりと固定されている事を確認すると、鳥を両手で抱え上げた。

「さぁ行け……」

そう小さく呟きつつ、ハンスは鳥を宙に向かって放り上げた。

そして、北に向かって羽ばたく鳥の姿を確認したハンスは満足げに頷く。

(明日には、将軍の下へ届くだろう)

デュラン将軍がジェルムクに到着《とうちゃく》したタイミングで、ミスト王国はブリタニアとタルージャの二ヶ国と和平会談を行う事が既に決まっている。

そして、その後はブリタニアとタルージャの連合に加わる形でミスト王国が連合に参加し、最終的には西方大陸東部から南部に跨《またが》る新生ミスト王国とも言うべき国が、生まれる事になるだろう。

(そうなれば、この大陸の戦禍《せんか》は更に燃え広がる……)

勿論《もちろん》、今のところそれは単なる計画でしかないだろう。

言うなれば、画餅《がべい》だ。

だが、組織の力を使えば不可能も可能にする事が出来る。

(その日が来るまで何年掛かろうと構わない……俺は、組織の為に働くだけだ。そして、たとえ俺が道半ばで死ぬ事になったとしても組織の誰かが後を継ぐ……)

その夢を実現する事こそが、ハンスに残された生きる希望であり妄執《もうしゅう》なのだから。

いや、組織に属する人間の多くは、ハンスと同じだろう。

そして、彼等はその妄執の為ならどんな犠牲《ぎせい》も厭《いと》わない。

仮にそれが、自らの命を代価とする事になったとしてもだ。

（死ねば娘《むすめ》に会えるからな……だがその日が来るまでは、俺はこの世界の人間を一人でも多く殺してやりたい。だから、その為には君に消えて貰《もら》わなければならない……）

その時、ハンスの顔に笑みが浮かぶ。

それはまさに、勝利を確信した人間の笑みだろう。

しかし、ハンスが笑みを浮かべた瞬間、彼の喉元《のどもと》を冷たい何かが横切った。

（馬鹿な……気配なんて……何処《どこ》にも）

それは突然《とつぜん》振《ふ》り下ろされた死神の鎌《かま》。

ハンスの視界は急速に薄《うす》れていく。

そして、ハンスの体は城壁《じょうへき》の石畳《いしだたみ》の上へと倒れ込《こ》んだ。

紅《あか》い血潮で胸元《むなもと》を真っ赤に染め上げながら。

「御屋形《おやかた》様……処理が終わりました」

その言葉と同時に、城壁に設けられた櫓《やぐら》の陰《かげ》から二人の人間が姿を現す。

「あぁ、ご苦労さん。死体の始末を後で頼《たの》む」

亮真が人払《ひとばら》いを命じていると察したのだろう。

その言葉に、伊賀崎咲夜《さくや》は小さく頷くと、闇《やみ》の中へとその姿を消した。

「とまぁ、ご覧いただいた通りです。エクレシアさん」

その言葉に、エクレシアが深いため息を吐《つ》いた。

「目の前で見せられた以上、信じるしかないわね……」

放たれた鳥が向かったのは王都エンデシアが在る北方だ。

もし仮にハンスがブリタニアかタルージャのどちらかと繋《つな》がっているとしたら、態々《わざわざ》鳥をエンデシアに向けては飛ばさないだろう。

つまり、王都エンデシアには、御子柴亮真の動向を密偵に探《さぐ》らせていた人物が存在することになる。

そして、今の段階でそんな事をする可能性が有る人物と言えば、ただ一人しか思い浮かばないだろう。

「でも、何故、デュラン将軍が裏切者だと気付いたの？」

その問いに亮真は肩《かた》を竦《すく》めて答える。

「まぁ、違和感《いわかん》を抱いたのは、復帰の話を聞いた時です。些かタイミングが良過ぎましたからね。ただ確信を持てたのは、編制した軍の大半をこちらに派遣するという伝令の報告を聞いた時です」

その言葉に、エクレシアは軽く指先を顎《あご》に当てて考《かんが》え込む。

そして、答えを見つけたのか小さく頷いて見せた。

「成程《なるほど》……真偽がどうであれ、フィリップ陛下の死に北部の貴族が関与《かんよ》しているという噂があるにも拘《かか》わらず、今の状況で王都エンデシアから全軍に近い兵力をこちらに差し向ける訳が無いという事ね」

「ええ、伊賀崎衆の報告から、エンデシア近郊《きんこう》の貴族達《たち》から兵力を動員した訳でもないと確認は取れていましたしね。まぁ、フィリップ陛下の死に北部の貴族達が関与しているというのは、単なるデマでしょうが、自分自身が暗殺の首謀者でない限り確信は持てないでしょう。それに、もし仮にこの戦の早期終結を目指すという判断から、エンデシアの兵力の大半をこちらに派遣するというのであれば、エクレシアさんを一度王都へ呼び戻《もど》すか、交易都市フルザードに居るカサンドラ・ヘルナーを召喚したでしょうからね」

それをしないで、アレクシス・デュランが直接ジェルムクにやってくるというのは、王都エンデシアを攻める勢力が存在しないという確信を持っていないと出来ない判断だ。

そして、今の段階でその確信を持てる人間はすなわち、ミスト国王フィリップを暗殺して今回の策謀《さくぼう》を巡《めぐ》らせた当事者以外には存在しないだろう。

亮真の説明を聞き、エクレシアは深い深いため息を吐いた。

「それで……この後はどうするの？　流石《さすが》に、この状況でジェルムクに籠城《ろうじょう》するという選択肢《せんたくし》は無いと思うけれど……」

デュラン将軍率いるミスト王国軍が敵側に寝返《ねがえ》っているという事は、御子柴大公軍が北と南から敵に挟《はさ》まれているという事に他ならない。

(それも南北の両軍合わせて二十万を超《こ》える規模の軍勢だ……)

それに対して御子柴大公軍は四万弱。

仮に、ジェルムクに立て籠《こ》もったところで、五倍以上の兵力差で包囲されれば、持ち堪《こた》える事は難しいだろう。

（それに、エクレシアさんが率いてきた三千とジェルムクの守備兵はデュラン将軍側に繋がっている可能性が有る以上使えない。そうなると、御子柴大公軍の兵士だけで何とかするしかないからな）

ただでさえ大きな兵力差がさらに開く事になる。

兵力的には、以前ルピス女王が主導した北部征伐《せいばつ》軍を迎《むか》え撃《う》った時と酷似《こくじ》しているが、状況的にはあの時よりもさらに悪い。

（北から来るミスト王国軍を率いるのは、エクレシアさん以上の猛将であるアレクシス・デュラン。それに加えて、ブリタニアとタルージャの連合軍を率いる将もかなりのやり手だ）

そんな有能な指揮官達に率いられた二十万を超える大軍を相手に、この状況から勝利をつかむというのは、如何に御子柴亮真でも不可能だろう。

それが分かっている以上、亮真に出来るのは出来うる限り損害を減らしつつ、ローゼリア王国へ軍を退却《たいきゃく》させる事しかない。

「まぁ、この状況ではもう手の施《ほどこ》しようが有りません。一度兵を引いて態勢を立て直すしかないでしょう」

その言葉に、エクレシアは目を見開いて驚《おどろ》く。

状況的に、荒唐無稽とも言える発言なのだからそれも当然だろう。

「出来るの？」

「ええ、かなり難しいですが……まぁ今なら不可能ではないですね」

「今なら可能……成程、確かに今ならば包囲網《ほういもう》は完成していない。それならば南の連合軍を野戦で蹴散《けち》らした上で撤退する事も可能という訳ね……でも、北のデュラン将軍の軍が連合軍との戦の最中に到着してしまったらどうするの？　最悪背後を突かれて全滅《ぜんめつ》しかねないわよ？」

それは極《きわ》めて当然な疑問。

確かに、ハンスの連絡《れんらく》に因ってデュラン将軍は亮真達がジェルムクでの籠城戦を選択《せんたく》したと誤認《ごにん》するだろうが、だからと言って進軍速度を落とす様な事はしないだろう。

あくまでも、行軍を急がせないだけだ。

だが、そんなエクレシアの問いに対して亮真は軽く肩を竦めて答える。

「それに関しては、ジェルムクの住民を使いましょう」

「ジェルムクの住民達を王都に向けて移動させる訳ね……確かに、街道をジェルムクの住民隊が埋《う》め尽くせば、デュラン将軍の軍は進軍速度を落とさざるを得ないわね……流石に、自国の民を踏《ふ》み潰《つぶ》して迄《まで》、行軍する訳にもいかないだろうし……」

「まぁ、そういう事です。住民達への説明としては、城内に密偵が潜入しており、籠城戦を行う事が難しくなったとでも言っておけば言い訳としては十分でしょう。実際、ハンスのおかげで密偵が潜入しているというのは嘘ではありませんからね。まぁ、何処に所属している密偵かという問題は有りますが、それは彼等には分かりませんから」

事情が分かっている人間にしてみれば、これ程《ほどみ》見え透《す》いた言い訳も無いだろう。

だが、事情を知らない人間にしてみれば、十分な説得力を持つ。

まさに嘘も方便といった所だろう。

そして今後の方針を固めた亮真は、最後にエクレシアに向かって問いかける。

「それで、エクレシアさんの今後ですがどうされますか？　エクレシアさんが率いてきた兵士達は住民の護衛という名目でエンデシアに戻す方が良いでしょうが、エクレシアさん自身は、俺と一緒《いっしょ》にローゼリアへ来ていただくというのが一番だと思います。勿論、それにはオーウェン新国王と戦う覚悟が必要になりますが……」

実際、エクレシアの立場は微妙《びみょう》だ。

国王フィリップの姪《めい》という事は、オーウェン・シュピーゲルとも伯父と姪という事になる。

そういう意味からすれば、仮にエクレシアが王都へ戻っても、死罪などになる事は考えにくいだろう。

だが、フィリップとの親密度を考えれば、屋敷に幽閉《ゆうへい》される可能性はある。

或いは、何処《どこ》かの貴族に嫁《とつ》がされて軍務から切り離《はな》されるという事も考えられるだろう。

勿論、どちらも今の段階では可能性が有るという事でしかない。

だが、いずれにせよ碌な事にならないのが目に見えているのだ。

オーウェンの立場にしてみれば、如何《いか》に姪とは言えフィリップと親密な関係を築いてきたエクレシアを、今迄の様に将軍として用いる事は出来ないのだから。

そしてエクレシアもその事を理解しているのだろう。

「そうね……ご一緒させていただけるかしら」

そう言うと、エクレシアは悲しげに微笑《ほほえ》む。

祖国を離れる事になった境遇《きょうぐう》と、もう一人の伯父を殺さなくてはならなくなった事を嘆《なげ》くかの様に。


そして、三日が過ぎた。

城塞《じょうさい》都市ジェルムクの南に広がるルブア平原。

その平原の中程《なかほど》にある小高い丘《おか》の上には、ブリタニア王国の紋章《もんしょう》である鷲《わし》と、タルージャ王国の紋章である狼《おおかみ》の旗が翻《ひるがえ》っていた。

恐らくあそこが総大将の本陣《ほんじん》なのだろう。

そして今、丘の麓《ふもと》に布陣《ふじん》していた軍勢が、城塞都市ジェルムクへ向かって進軍を始めた。

城外に布陣した御子柴亮真は、双眼鏡《そうがんきょう》を手に南に広がる平原に布陣した軍勢を睨《にら》みつけている。

「ようやくお出ましか……先陣《せんじん》の数は七〜八万ってところか」

亮真が気球による敵軍偵察を行ってから、既《すで》に十日以上が過ぎようとしている。

戦の準備というには些かのんびりし過ぎだと言えなくもないだろう。

(エンデシアからの連絡を待っていたんだろうな……)

挟撃《きょうげき》や包囲戦を行う場合に必要となるのは各部隊間の連携《れんけい》。

恐らく、鳥文を使うか伝令を走らせて、開戦のタイミングを見計らっていたのだろう。

連合軍の将とデュラン将軍が裏で手を結んでいるのがほぼ確実である以上、そう考えるのが妥当《だとう》だ。

（まぁ、その分、こちらも事前の準備が出来たから、ありがたいが……ね）

先日行った気球での偵察時にローラが見つけたそれは、初見であれば間違《まちが》いなく致命傷《ちめいしょう》を負いかねない程《ほど》の脅威《きょうい》だろう。

とは言え、それも事前に存在を知ってしまえば、対策を取れない訳ではないのだ。

そして敵の将は、大胆《だいたん》にも開戦直後で切り札をぶつけてくるつもりらしい。

その姿を見た瞬間《しゅんかん》、亮真は思わず苦笑いを浮かべる。

それは四足歩行の怪物《かいぶつ》を操《あやつ》る一団。

数にして百頭程だろうか。

十万を超える敵軍の兵力から考えれば極めて少ないと言える。

だが、戦力という意味で言えば、万の軍勢を超《こ》える程の脅威だ。

（あれが敵軍の切り札か……あの角の感じはまるで恐竜《きょうりゅう》だな）

それは、トリケラトプスの様な角と、硬い皮膚《ひふ》を持った四足歩行の生き物。

長い鼻を持っているので生物学的には象の一種か、もしくは近親種ではあるのだろう。

だが、地球に存在している象とは、似て非なる生物だ。

大きさは、中型の四トントラックを優に超えている。

流石に、十トントラックまではいかないだろうが、亮真が知る歴史上の戦象で用いられたと言われるインドゾウやアフリカゾウより大きい事は間違いないだろう。

そして、その背中には籠の様な乗り物が設えられており、弓や投槍《なげやり》で武装した兵士と怪物を操る御者《ぎょしゃ》が乗っている。

（成程……多少姿形は違うが、戦象と見て間違いはないな……あれを前面に押《お》し出して突撃《とつげき》してくる訳か）

先ほど伊賀崎衆が気球の中からその威容《いよう》を確認して報告を上げていたので、亮真達はその存在を既に知っていたのだが、実際に肉眼で捉《とら》えるとなると、やはり色々と感じるものが有るらしい。

（少なくとも、子供があれを見ても、可愛《かわい》い象さんなんて言葉は出てこないだろうな）

可愛いと思う前に、恐怖《きょうふ》で体を竦ませるか、泣き叫《さけ》ぶ羽目になるのがオチだろう。

（事前に伊賀崎衆が集めた情報の中にも記載《きさい》があったが、あれが南部諸王国の支配を拒《こば》み、化外の民が独立した存在を維持出来てきた理由……成程……確かに、並みの兵士が相手じゃ歯が立たないだろう……踏み潰されてペチャンコになるのが関の山って感じだ）

勿論、武法術を極めた到達者《とうたつ》や、人の限界を超えた存在である超越者《ちょうえつしゃ》の様な理外の存在であれば話は変わるかもしれない。

或いは、亮真が鬼哭《きこく》の力を完全解放して突撃すれば、数頭なら切り殺す事も出来るだろう。

だが、多少の手練れ程度の兵士達が、あの巨体《きょたい》の前に立ちふさがるのは難しい。

肉体的に可能かどうか以前に、立とうという勇気を奮い起こす事それ自体が困難なのだ。

それは言うなれば、生身のままで突っ込んでくるトラックの前に立ち塞《ふさ》がる様な物だろう。

その圧力と恐怖は想像を絶する筈だ。

(俺が育て上げた兵士達なら防げない事も無いかもしれないが……多めに見積もっても耐えきれる確率は五分以下だと考えるべきだろうな……)

何しろ、御子柴大公家が誇る重装歩兵達は、全員が武法術を会得《えとく》した精兵揃《ぞろ》いであることに加えて、黒エルフ族が付与《ふよ》法術を施した鎧兜《よろいかぶと》で身を固めている。

彼等《かれ》の技量と装備であれば、一度や二度は堪《た》え切れるかもしれない。

それに、彼等であれば戦意を喪うという可能性も低い。

亮真が死を覚悟《かくご》して防げと命じれば、彼等は文字通り決死の覚悟で防ごうとするだろう。

だが、何《いず》れは陣形《じんけい》を食い破られる事が目に見えている。

何しろ、敵の攻撃《こうげき》が一度で済む筈が無いのだ。

そして、二度、三度とあの巨体が突撃してくれば、如何に御子柴大公家の重装歩兵とは言え防ぎ切れないのは目に見えている。

素人《しろうと》に毛が生えたようなミスト王国の一般《いっぱん》兵士など、それこそお話にもならないだろう。

(確かに、あんなものを自由に操れるなら、大した戦力になるだろうな……)

あれが突進《とっしん》してくれば、兵士達はあの巨体に踏み潰されるか圧し潰されるだろう。

恐らく抵抗《ていこう》らしい抵抗も出来ないで蹴散らされる事になるのは目に見えている。

(だが、それはあくまでも真正面から受け止めた場合の話だ)

そして、亮真は既にああいった怪物の対処法を把握《はあく》している。

（考え方としては象退治と同じだ。落とし穴に落とすか、網《あみ》や縄を使って機動力を削《そ》いでから殺せばいい）

それは、戦象を殺す時に用いられるのと同じ手段。

或いは、原始人が狩猟《しゅりょう》を行って生活していた時代のマンモス狩《が》りを思い浮かべればいいだろう。

（だが……それは少しばかりつまらないか……ならば、此処《ここ》は敵の士気を挫《くじ》くという意味でも派手にやるとしよう）

準備は既に出来ているのだから。

そして遂に両軍はルブア平原で激突した。

砂塵を撒き上げ突進してくる戦象部隊。

その後ろには、敵の歩兵部隊が付き従っている。

その圧力はまさに津波という言葉が相応《ふさわ》しい。

並みの軍では、この突撃を喰らっただけで陣形が消し飛ぶ程の威力だろう。

（しかし初っ端《しょぱな》から切り札を切って来るとは、少々予想外だったな……敵の将は中々に思い切りが良い人間だと思っていたが、此処まで大胆な手で来るとは……いや、あんな化け物を使うなら、両軍が入り乱れた乱戦よりも、陣形が乱れていない最初の段階の方が効果的か）

敵将の大胆な戦術に多少の驚きを抱きつつも、亮真は迎撃《げいげき》の準備を命じた。

「重装歩兵！　左右に分かれつつ斜陣《しゃじん》を作れ！　隊列を変えて敵の突進を捌《さば》くんだ！」

その命令に従い、横一列に並んでいた重装歩兵達がVの字型に陣形を変化させていく。

敵軍から見れば、それは突撃の圧力に負けて陣形が崩壊《ほうかい》していくかのように錯覚《さっかく》した事だろう。

また、練度の低い軍であれば、本当に敵の圧力に屈《くっ》してしまったかもしれない。

しかし、整然とした指揮の下で、御子柴大公軍の兵士達は主の命令に従う。

それは、太極拳《たいきょくけん》などで見られる化勁と考え方は同じだった。

真正面から受け止めるのではなく、受け流す事で敵の攻撃を捌くのだ。

戦象達の突進が御子柴大公軍の陣《じん》を引き裂《さ》いていく。

いや、戦象達の突進を上手《うま》く捌きながらいなしているというのが正解だろうか。

「何だこれは！」

怪物の上で手綱《たづな》を握《にぎ》る化外の民達に動揺《どうよう》が起こる。

明らかに何らかの罠の存在を彼等は感じていた。

だが、そんな彼等の意思とは無関係に、怪物達《かいぶつたち》は前へ前へと突き進《すす》んでいく。

怪物達は確かに地球人の常識から外れた存在だが、生物である事には変わらないのだろう。

そして生物である以上、一度猛《たけ》り狂《くる》った本能が容易に鎮静化《ちんせいか》する事は無い。

いや、自分達の背の上に乗る御者によって、突進を命じられたのだから、今更《いまさら》止まれる筈が無いのだ。

彼等に出来るのは前に進む事だけ。

たとえそれが、死への一本道であると察していたとしても、前に進むしかないのだ。

そして、遂《つい》にその時は訪《おとず》れる。

怪物達の先頭が遂に御子柴大公軍の陣形を突き破《やぶ》る瞬間が訪れたのだ。

そして、それこそが御子柴亮真が待ち望んだ瞬間でもあった。

「今だ！　ローラ、サーラ！」

ウェザリアの囁《ささや》きを通じて放たれた亮真の命令が、ジェルムクの城壁の上で戦況《せんきょう》を見守っていたマルフィスト姉妹《しまい》の下へと届けられる。

本来であれば一軍の将として左右の部隊に配置されていた筈のマルフィスト姉妹の姿が見えなかった理由は、ただこの瞬間の為だ。

そして、主の命令に従い、双子《ふたご》の口から朗々とした詠唱《えいしょう》が紡《つむ》ぎ出された。

双子の呼吸が生気《プラーナ》を生み出す。

そして、生み出された生気が体内で力の流れを作り、その力の流れに依って回されたチャクラが双子に人を超えた超常《ちょうじょう》の力を与えるのだ。

会陰《えいん》にある第一のムーラーダーラからチャクラが回転を始めると、正中線に沿う形で力が頭頂へ向けて昇《のぼ》ってくる。

やがて、その生気が双子の眉間《みけん》にまで達し、アージュニャー・チャクラが起動した。

それは、文法術の中でも最上級に位置する範囲《はんい》殲滅《せんめつ》用の術式。

如何にマルフィスト姉妹が文法術と武法術を高い水準で極めている手練れと言っても、流石にこの水準の文法術式を詠唱破棄《えいしょうはき》は出来ないらしい。

とは言え、それも当然なのだ。

何しろこれから発動させるのは、最上級に位置する範囲殲滅用の術式の効果範囲《はんい》を拡大した連携法術。

複数の術者が同じ術式を連携させる事で、発動させる文法術の効果を高めると同時に、影響《えいきょう》範囲《はんい》を広げる技術だ。

それは一見すると、非常に効果が高い素晴《すば》らしい技術の様に聞こえる。

何しろ、上手く術法を同調させる事が出来れば、理論上では術者の人数が増える毎《ごと》に威力《いりょく》と効力が自乗されていくのだから。

だが、現実はそんな理想通りには進まない。

何しろ、自らの身体強化をした上で白兵戦を行う武法術が主流な大地世界《アース》において、そもそも論として文法術師《ほうじゅつし》自体の数が少ないのだ。

そして、熟練した文法術師はもっと数が限られてしまう。

それに加えて、術者の技量に大きな差が無い事と、連携法術を行う術者同士の詠唱の同調が必要となるのだが、これが中々に達成出来ないのだ。

何しろ、詠唱の同調には術者同士の相性《あいしょう》がどうしても影響《えいきょう》してくる。

意識を同調させ呼吸を合わせると言葉にするのは簡単だが、これを実践《じっせん》するとなると途端《とたん》に難易度が跳《は》ね上がるのだ。

その結果、実際の戦闘《せんとう》で連携法術が使用される事はかなり珍《めずら》しい。

だが、物事には例外が存在する。

それは、卓越した才能や、血の滲《にじ》む様な修練の果てに実現する奇跡《きせき》。

そして、ローラとサーラは双子の姉妹という何物にも代えがたい才能を持っていた。

同じ遺伝子を持ち、同じ血と肉と精神を持つ存在にとって、互《たが》いの意思を察するのは極めて容易《たやす》い事でしかない。

まさにそれは以心伝心。

「「天空を支配する神々の父よ　雷鳴《らいめい》と閃光《せんこう》を身に纏《まと》いし荒《あら》ぶる森羅万象《しんらばんしょう》の化身《けしん》よ　盟約を交《か》わし我らの願いを聞き　その怒《いか》りで大地を打ち砕《くだ》け！」」

それは死を司《つかさど》ると言われる美しき女神が、憐れなる獲物へ向けて捧《ささ》げられる鎮魂歌《ちんこんか》。

そして最後の起動術式が、マルフィスト姉妹の水蜜桃《すいみつとう》の如き唇《くちびる》から放たれる。

「「雷帝爆轟鎚《ライトニングハンマー》」」

その瞬間、にわかに天空を黒い雲が覆った。

そして、強大な雷鳴と共に、巨大《きょだい》な光の柱が大地へ向かって降臨する。

それはまさに、神々の怒りと呼ぶに相応《ふさわ》しい威容。

この光の柱に触《ふ》れたものは、例外なく黒焦《くろこ》げの死体へと変貌《へんぼう》する。

とは言え、所詮《しょせん》は人間が使う術式でしかないのも確かだ。

如何にマルフィスト姉妹の技量が卓越しているとはいえ、術式の強化には限度がある。

本来であれば影響範囲は半径五メートル程度が関の山なのだ。

それを、三倍近くまで広げて見せた技量は称賛《しょうさん》に値するだろうが、本来であればそれだけで御子柴大公軍目指して突進してくる怪物達とその背後に付き従う兵士達を一掃《いっそう》など出来はしないだろう。

だが、そんな事は亮真自身が一番良く分かっていたのだ。

死地へ向かって突撃していく敵軍の姿を見ながら亮真は嗤《わら》う。

それは、肉食獣《にくしょくじゅう》が獲物を捕食《ほしょく》するのに成功を確信した時の笑み。

(確かに戦象部隊の突撃は脅威だ。だが、事前にその存在が分かっているのであれば、当然の事ながら対策を打つ事が出来る)

轟音《ごうおん》と共に天空より放たれた光の柱が大地へと突き刺《さ》さったその数秒後、文字通り全ての音が消えた。

そして次の瞬間、更《さら》なる爆音《ばくおん》と共に巨大な火球が怪物達と、その上に乗る化外の民達を飲《の》み込みながら天へ向かって立ち昇る。

爆風《ばくふう》が周囲に吹《ふ》き荒《あ》れ、高熱の熱が全ての物を薙《な》ぎ倒《たお》し吹き飛ばしていく。

勿論、その威力に生命体が耐《た》えられる筈《はず》もないだろう。

そこにあるのは絶対にして不可避《ふかひ》の死。

大地に埋設《まいせつ》されていた火竜《かりゅう》の息吹《いぶき》が、マルフィスト姉妹の放った雷帝爆轟鎚《ライトニングハンマー》によって一気に

誘爆《ゆうばく》した結果だ。

そして、爆風が収まり土埃《つちぼこり》が収まり始めた頃《ころ》、ジェルムクの南に広がる草原地帯の一角には、まるで隕石《いんせき》でも落ちて来たかのような巨大なクレーターが出現していた。

誰《だれ》もが、動く事を忘れ彫像《ちょうぞう》の様に凝《こ》り固《かた》まっていた。

目の前の光景に脳の処理が追い付かないのだろう。

それは、予想外な光景や状況《じょうきょう》に置かれた人間にとって、ごく当たり前の反応。

そして、その当たり前の中には、ブリタニア王国軍の将軍であり連合軍の総指揮官でもある歴戦の戦士も含《ふく》まれていた。

その光景を見た時、ブルーノ・アッカルドは突撃していく軍勢の中央辺りで全軍の指揮を執っていた。

「馬鹿な……なんだこれは……」

【人食い熊】の異名を持つ猛将の口から、そんな言葉が零《こぼ》れる。

「あの光は文法術……雷帝爆轟鎚《ライトニングハンマー》か？　だが、如何に手練れの文法術師を揃《そろ》えたとしても威力が高すぎる……」

ブリタニア王国の鷲獅子騎士団《グリフォンナイツ》の団長として数多《あまた》の戦歴を誇るブルーノ・アッカルドにとって、文法術とは所詮、武法術に劣《おと》る存在という物でしかなかった。

勿論、一国の将軍にして騎士団長を務めるブルーノにとって、文法術に対して全く未知であるという事は有り得ないだろう。

天空から降り注いだ光の柱を見た瞬間、使用された術式が雷帝爆轟鎚《ライトニングハンマー》であると見抜く程度には知識を持っているのだ。

だが同時に、ブルーノは文法術という技術の限界をも理解していた。

「まさか連携法術？　しかし、あれを実戦で使える術者などそうは……それに、如何に連携法術を使ったとしても威力が高すぎる……」

光の柱が地上に振《ふ》り下ろされる前に生じた黒雲は、ブルーノが持っている雷帝爆轟鎚《ライトニングハンマー》に関しての知識で生じる黒雲の三倍から五倍近くの規模。

当然、其処《そこ》から生み出される威力も通常とは比べ物にならない程、高められていただろう。

「中隊？　いや敵陣《てきじん》に突撃した直後だから兵士達は密集していた……下手をすれば大隊規模で被害《ひがい》が出た可能性が有る……だが……問題はその後の爆発《ばくはつ》だ……あれは一体……」

文法術による攻撃ではない事だけは分かっている。

目の前に広がる惨状《さんじょう》は、明らかに文法術では実現が不可能な規模なのだ。

「第一、あれが連携法術に依《よ》って強化された雷帝爆轟鎚《ライトニングハンマー》による被害であるならば、二度目の爆発の理由が分からなくなる。それに、二度目の爆発は大地から吹きあがった様に見えた……まるで火山の噴火《ふんか》でも起きた様な……」

勿論、ブルーノは地質学や火山噴火に関する知識などもってはいない。

いや、大地世界の人間で、学問として火山や地質に関しての知識を持っている人間などまずいないだろう。

だがそれでも、火山という物の存在を知らない訳ではないのだ。

それは大地世界の歴史の中で、何回も起きているのだから。

だが同時に、その経験則から考えれば、先ほどの爆発が火山噴火だとは到底《とうてい》考え難《にく》い。

（ジェルムクの南に広がるのは平地と森林地帯だ。山じゃない）

イタリアにあるフレグレイ平野の様なカルデラ内に出来た平野部や、山岳《さんがく》地帯に程近《ほどちか》い場所なら火山噴火の可能性も考えられるだろうが、現代人の感覚から見ても、火山噴火の可能性はまずないと言い切れる。

ましてや、大地世界の住人であるブルーノにしてみれば、まさに理外の状況だろう。

（どうする……軍勢を立て直さなければ……だが、どうやって？　前進か？　後退か？　どうすれば良い？）

普通《ふつう》に考えれば、前進を選択するべきだろう。

敵軍とある程度の距離《きょり》を保っている状況ならばいざ知らず、既に多くの兵士がVの字型に展開した御子柴大公軍に依って囲まれてしまっている。

この状況下で連合軍を後退させようとすると、敵の攻撃を後方からまともに食《く》らい続ける羽目になるのは目に見えている。

勿論、前進を選択しても同じ様に攻撃を受けるのは同じなのだが、方向転換《てんかん》をする際に生じる無防備な時間を短縮する事が出来るだろう。

（先陣を任せた化外の民が開けた穴を通って、御子柴対応軍の背後に回る事が出来れば、戦況

を覆《くつがえ》す事も出来る)

だが、それを理解していてもブルーノは軍を前進させる事が出来なかった。

普段であれば、どれ程劣勢《ほどれっせい》であったとしてもブルーノ・アッカルドは兵士達を鼓舞《こぶ》して全軍前進を命じた筈だ。

しかし、今のブルーノにはその命令を下す自信が無かった。

それは、連合軍の兵士達が自分の命令に従って前進するかという不安が、ブルーノの心を過《よぎ》ってしまったからだろう。

ブルーノ・アッカルドの命令に服さない兵士など、ブリタニア王国には存在しないし、その可能性を考慮《こうりょ》する必要も無かったのだから。

そう言い切れるほどの、実績と武威《ぶい》をブルーノは持っている。

しかし、あの爆発はそんなブルーノの自信を粉微塵《こなみじん》に打ち砕いた。

(軍をこのまま前進させるという事は、あの爆発地点に向かって進めと命じる事と同じになる……だが……兵士達がその命令に従うだろうか……)

それは、ブルーノの様な歴戦の猛者《もさ》であり、卓越した戦略家だからこそ気付いた可能性。

恐《おそ》らく、身分を笠《かさ》に着る愚将《ぐしょう》であれば、兵士達の心境など考慮する事も無く、軍を前進させるなり後退させるなりした筈だ。

だが、一度気付いてしまった以上、ブルーノは決断を下す事が出来ない。

罠《わな》が有る事が分かっているのに、何の備えもなくその罠に飛び込むのは勇気ではなくて愚《おろ》かなだけなのだから。

ただ、今の状況で必要とされるのは、その愚かさだったのだろう。

先を見通す視野を持つのは一軍の将として必須《ひっす》の能力ではあるが、見えすぎるというのもまた、良《よ》し悪《あ》しなのだ。

そして、そのブルーノの躊躇《ちゅうちょ》が戦の天秤《てんびん》を御子柴亮真の方へと傾《かたむ》けていく。

(うまい具合に敵は混乱しているな……まぁ、当然か。あれほどの規模の爆発をいきなり見せつけられれば、兵士達に前進を命じるなんて出来る筈がないから……な)

そして、爆発によって生じた爆風と爆音が、直撃《ちょくげき》を避《さ》けた幸運な敵兵の心を圧《へ》し折る。

(そんな状況で前進を命じれば、兵士達は戦場から逃げ出そうとするだろう。いや、最悪反乱が起きる可能性だって出てくるだろうな)

地雷《じらい》が目の前に埋まっていると分かっているのに、指揮官から突撃を命じられてそれに平然と従える兵士はまずいないだろう。

人は時に死を覚悟してでも戦うものではあるが、それには相応の理由が必要になる。

兵士の仕事は確かに戦う事でありその結果として武運拙《つたな》く死ぬ事も含まれはするだろうが、死ぬと分かっている死地に飛び込むには死を覚悟するだけの理由が必要となるのだ。

(誰だって無意味な犬死は真平御免《ごめん》だろうからな)

勿論、絶対に不可能ではないだろう。

余程《よほど》の練兵を行った上で、使命感に燃える士気旺盛《おうせい》な兵士だけで部隊を編制すれば、日露戦《にちろ》争の二〇三高地で、兵士達が銃弾《じゅうだん》と砲撃《ほうげき》の雨の中を敵陣目掛《てきじんめが》けて突撃した様な決死行も出来るかもしれない。

だが、人は基本的に人知を超えた存在や、未知の存在を恐れる生物でもある。

そして、先ほどの爆発は大地世界の人間にとっては、まさに未知としか言いようがない現象だ。

(その未知が恐れを呼び、兵士達の心を縛《しば》り上げ士気を低下させる。まともに戦う事なんて出来なくなるだろう)

まさに、御子柴亮真の狙《ねら》った通りの効果と言える。

「さぁて、仕上げだ！　クリス、レナード！　左右から敵軍中央へ突撃して敵の軍勢を食い破るぞ！　それと、捕虜《ほりよ》を取る必要はない。皆殺《みなごろ》しにして御子柴大公軍の恐ろしさをブリタニアとタルージャの兵士達に刻み付けてやれ！　此処が連中の墓場だ！」

耳に付けていたウェザリアの囁きを通じて、御子柴亮真が最後の命令を下す。

そしてそれは、鶴翼《かくよく》の先端《せんたん》を担《にな》うクリス・モーガンとレナード・オルグレンの下へと瞬時《しゅんじ》に伝わった。

そして、鶴《つる》が翼《つばさ》を広げたかの様な姿だった御子柴大公軍の陣形が変わり始める。

それはまるで、左右から敵陣を噛《か》み千切らんとする大蛇《だいじゃ》の顎。

今まさに、戦は最終局面を迎えようとしていた。

エピローグ

　御子柴亮真《みこしばりようま》が城塞都市ジェルムクの郊外《こうがい》でブリタニアとタルージャの連合軍を相手に死闘《しとう》を繰《く》り広げていた丁度その頃、遥《はる》か北の魔境《まきよう》と呼ばれるウォルテニア半島では、一人の老人が大量の紙の山に囲まれながら悪戦苦闘《あくせんくとう》を繰り広げていた。

　柔《やわ》らかで温かな日差しが、窓の外から室内へと差し込んで来る。

　木陰《こかげ》に寝転《ねころ》んで空を見上げれば、どれほど気分が良いだろう。

　それはまさに、穏《おだ》やかな日常の一コマ。

　公園の芝生《しばふ》の上に寝転んで昼寝《ひるね》でもすれば、これ程素晴《ほどすば》らしい過ごし方も無いに違《ちが》いない。

　しかし、そんな平穏《へいおん》な日常は、この部屋の老人には無縁《むえん》のものらしい。

　後ろで束ねた白髪《しらが》と顔の皺《しわ》などから推察するに、年《とし》の頃は八十を超えているだろうか。

　まず、老齢《ろうれい》と言って良い年齢《ねんれい》だろう。

　しかし、老人の背筋はピンと伸《の》びており、手や肌《はだ》には未《いま》だに艶《つや》と張りが残っている。

　それに加えて、その厳しく鋭《するど》い眼光は老人が只者《ただもの》ではない事を如実《によじつ》に示している。

　まさに、古強者《ふるつわもの》とでも言ったところだろうか。

　そして、そんな老人の服装は洋風な服装が主流の西方大陸の中に於《お》いて、些か奇異《きい》と言える

装《よそお》いだった。

少なくとも、この西方大陸でこの老人の様な服装をしている人間はまず居ないだろう。

それは、簡単に言えば和装。

ただし、和装と言ってもＴＶの時代劇で見かける様な、武士が身に着けている着流しや紋付《もんつ》き袴《ばかま》の様な物ではない。

老人が身に着けているのは、寺の僧侶《そうりょ》が作業時に用いる作務衣《さむえ》。

恐らく特別に誂《あつら》えた品なのだろう。

百パーセント絹で織られた正絹《しょうけん》を用いて誂えた紺色《こんいろ》の作務衣は、老人に良く似合っている。

とは言えそれは、シャンデリアが天井《てんじょう》から吊《つ》り下げられ、赤いビロードの絨毯《じゅうたん》で敷《し》き詰《つ》められたこの部屋のインテリアからすると、些《いささ》か奇異なものに感じなくもない。

しかし、そんな和風と洋風という異質な存在が何故《なぜ》か調和して見えるのは、この老人から発散される絶対的な強者の空気が、異論を差し挟む事すら許さない雰囲気《ふんいき》を醸《かも》し出している所為《せい》だろうか。

もっとも、部屋の主である老人にしてみれば、重要なのは目の前の仕事をただ処理していく事のみだ。

部屋の中では、壁《かべ》に掛《か》けられた時計の秒針が規則正しいリズムを刻み、それに合わせて紙の上で躍る羽ペンの音が響《ひび》き続ける。

どれほど響き続けただろうか。

早朝から始まり、既にそろそろ昼食の時間も終わりに差し掛かろうという時分だ。

やがて、老人の手が止まった。

執務机《しつむづくえ》の上に設けられた決済待ちと書かれた箱に山と積まれていた書類も、今では隣《となり》の済と書かれた箱へと移されていた。

どうやら、仕事は一段落したらしい。

「ふむ……こんなところか」

そう小さく呟《つぶや》くと、老人は顎を撫《な》でて頷《うなず》く。

そして、目頭《めがしら》を軽く押さえ二度ほど指で揉《も》んだ後、ゆっくりと首を回した。

ゴキリという鈍《にぶ》い音が部屋の中に響く。

「流石に肩が凝って来たわ」

如何に超越者と呼ばれる領域に足を踏み入れた存在であっても、長時間の書類仕事をすると疲労《ひろう》感は避けられないらしい。

それはある意味、この老人がその戦闘能力はともかくとして、人体の構造的には未だに人間の範疇《はんちゅう》に止《とど》まる存在である事を示唆《しさ》しても居る。

本物の怪物や仙人《せんにん》であれば書類仕事をして疲労感を覚える程、人間臭《にんげんくさ》くはないだろうから。

老人の名は御子柴浩一郎《こういちろう》。

それは、このセイリオスの街の主にして、嘗《かつ》てローゼリア王国北部と呼ばれていた一帯と魔境と呼ばれるウォルテニア半島を支配する若き覇王《はおう》の祖父の名だ。

そして、外征《がいせい》に出た覇王の留守を任された、哀《あわ》れな留守居役の名でもある。

とは言え、本人にとって、この留守居役は全く役得がないという訳でもないらしい。

「さて、それでは一息入れるとするか」

そう言いながら、浩一郎は執務机の引き出しから、愛用の煙草入《たばこい》れと煙管《きせる》を取り出した。

作務衣と同じくクリストフ商会を通じて職人に造らせたこの煙管は、浩一郎にとって何よりの宝物と言って良い品だ。

恐らく、今の浩一郎にとって、この煙管と煙草入れに比肩《ひけん》し得るのは、愛刀である桜花《おうか》と菊花《きっか》の二振りのみだろう。

そのくらい、浩一郎にとって目の前の煙草盆《ぼん》と煙管は大切なものだ。

元々かなりの愛煙家《あいえんか》である浩一郎だが、この大地世界《アース》に召喚《しょうかん》されて以来、随分《ずいぶん》とご無沙汰《ぶさた》だったのだから、それもある意味致《いた》し方《かた》ないと言える。

(何しろ、煙草は大地世界では、かなりの高級品の上、煙管を使って煙草を楽しむ文化も無いからな)

そもそも、西方大陸で煙草の葉は栽培《さいばい》されていない。

西方大陸で消費される煙草は、その殆《ほと》んどが中央大陸や南方大陸からの輸入品だ。

実際、クリストフ商会が中央大陸から運んでくる交易品の中でも、煙草は紅茶に次ぐ人気の嗜好品《しこうひん》であり、御子柴大公家にとっては重要な資金源の一つとなっている。

そして、荒波《あらなみ》を越えて他大陸から輸送してくる分、必然的に末端《まったん》価格は跳ね上がってしまう。

その所為で、煙草はそれなりの財を持つ人間でなければ、日常的に購入《こうにゅう》する事は難しいのだ。

少なくとも、現代日本で自販機《じはんき》やコンビニで買う様な気軽さでは購入する事が出来ないだろう。

しかも、大地世界で一般に流通しているのは紙煙草や葉巻が殆ど。

パイプ煙草や噛み煙草、水煙草《みずたばこ》といった商品も全く流通していない訳ではないのだが、西方大陸で煙草と言えば、紙煙草か葉巻のどちらかを指す為《ため》、それ以外の喫煙《きつえん》方法で煙草を吸うとなれば、余程の通人か粋人《すいじん》が、個人で楽しむくらいが関の山だ。

それも、豊富な財力を持ち、有力商会と強いコネを持っていなければまず不可能だろう。

しかも、浩一郎が好むのは、西方大陸ではパイプ煙草や水煙草よりも更に一般的《いっぱんてき》ではない、細刻みと呼ばれる細かく刻んだ煙草の葉を、煙管を用いて吸う日本独特の喫煙方法なのだ。

(まぁ、手に入るもので我慢《がまん》すれば良いだけなのだが……な)

勿論《もちろん》、それは浩一郎自身も理解している。

だが、煙管以外の喫煙方法では、残念ながら浩一郎の口に合わないのだから仕方がない。

煙草を吸わない人間にとっては意味のないこだわりに見えるだろうが、浩一郎にとって煙草とは煙管で吸う物と昔から決まっているし、譲《ゆず》れない一線なのだ。

(パイプ煙草も試《ため》してでは見たが、明らかに味が違う。やはり煙草を吸うなら煙管で細刻みを吸うに限る)

そんな事を考えつつ、浩一郎は煙草盆の引き出しの中から南方大陸から運んできたという煙草の葉を更に細く刻んだ細刻みを一掴《ひとつか》み取り出して、軽く指先で球状に丸めると火皿に詰めた。

そして、人差し指に宿した文法術の火を近づけると、吸い口を咥《くわ》えて軽く息を吸《す》い込《こ》む。

文法術の無詠唱、しかも最後の発動言語まで省いた完全無詠唱だ。

勿論、ライターの代わりに使う程度の火だ。

その火力は極めて小さなものだが、これほど無造作に術法を発動させる事が出来るというのは、浩一郎の法術師《ほうじゅつし》としての技量が並々ならぬ水準に到達している事を示唆している。

まぁ、それ程卓越《ほどたくえつ》した技量を使ってタバコの火を点《つ》けるのに使うというのも、普通に考えれば本末転倒《ほんまつてんとう》ではあるだろうが、浩一郎自身は至って気にならないらしい。

「バスラバード産の煙草の葉は味わいが軽いのに吸いごたえがあると聞いたが、成程《なるほど》……中々に良い味だ……ネルシオス殿《どの》が熱心に薦《すす》めるのも良く分かる」

煙を口腔《こうくう》内に留め煙草の味を確かめた浩一郎は満足げに頷いて見せる。

(色々と手を尽《つ》くした甲斐《かい》があったな)

紙煙草や葉巻が一般的な大地世界で煙管を楽しむとなれば、煙管そのものの作製から始めるしかない。

さもなければ、地球より誰かが召喚された際に共に持ち込まれた品物の中に、煙管が偶然紛《ぐうぜんまぎ》れ込み、浩一郎の手元に流れ着く事を祈《いの》るくらいしか可能性はないだろうが、それではあまりに神頼《かみだの》み過ぎる。

(だが、だからと言って、飛鳥《あすか》ちゃんの安全もハッキリせんのに、のんきに煙管の作製に勤しむというのも気が引けたからな……）

別に、浩一郎が煙管を手に入れようと奔走《ほんそう》したところで、誰からも非難される事は無かっただろう。

この大地世界で生き抜《ぬ》く上で、多少の趣味《しゅみ》や楽しみが無ければ精神的に参ってしまうのは目に見えている。

如何に修羅《しゅら》の巷《ちまた》とは言え、闘争《とうそう》ばかりでは体が持たないのだ。

ましてや、人生を楽しむ事を知らない生粋《きっすい》の大地世界の人間であればともかく、便利で快適な現代社会の、それも特に裕福《ゆうふく》で満ち足りた日本での生活の味を知ってしまった人間にすれば、我慢出来なくて当然なのだから。

（それでも他に選択肢《せんたくし》が無ければ、人は我慢する事が出来る……まぁ、仲健《ちゅうけん》の奴《やつ》に頼《たの》むというのも手ではあっただろうが……な）

言い訳をしようと思えば、幾《いく》らでも尤《もっと》もらしい理由は作れただろう。

それに、煙管を手に入れる事自体も、浩一郎の立場を考えればそれほど難しくはなかった筈だ。

確かに一般的に流通していないのは事実だが、何も店で購入するだけが入手方法ではないのだから。

何の伝手《つて》もない一般人《いっぱんじん》では入手は困難だったかもしれないが、浩一郎はもともと組織の幹部。

それに加えて、西方大陸南西部の都市であるレンテンシアを拠点《きょてん》に、その一帯を裏で管理している組織の長老の一人である劉大人《りゅうたいじん》こと劉仲健とは入魂《じっこん》の間柄《あいだがら》だ。

彼に頼んで、西方大陸全土に根を張る組織の力を使って探させても良いだろうし、それが無理でも腕《うで》の良い職人に製作を依頼《いらい》するという方法も取れたのだから。

だが、浩一郎自身の心情がそれを許さなかった。

何しろ、桐生《きりゅう》飛鳥を光神教団の手から救い出したのはつい最近の事。

それまでは、組織の諜報員《ちょうほういん》によって生存は確認《かくにん》されていたものの、浩一郎自身の目で飛鳥の安全が確認出来ない状況だったのだ。

しかし、光神教団という組織の本質と、その危険性を身に染《し》みて理解している浩一郎にしてみれば、そんなテロ組織かマフィアの様な集団に孫娘《まごむすめ》にも等しい飛鳥が囚《とら》われている状況で平静でいられる筈もないのだ。

勿論、数奇《すうき》な運命の悪戯《いたずら》から、光神教団の有力者であるロドニー・マッケンナとその義妹《ぎまい》のメネア・ノールバーグの庇護《ひご》を受けていたのは浩一郎も知ってはいた。

しかし、だからと言って完全に安全とは言い切れないのが、この大地世界の現実。

そんな状況下では、浩一郎としても自分の趣味《しゅみ》嗜好《しこう》に注力する気にはならない。

全ての原因が自分自身に有ると分かっているが故に。

だが、飛鳥が光神教団から助け出され、浩一郎が亮真よりセイリオスの街の統治を任された事により状況が一変する。

具体的に言えば、趣味に時間と費用を費《つい》やす大義名分と余力が生まれた。

(こうして、シモーヌ殿に良い職人を紹介《しょうかい》して貰《もら》えたしな)

作務衣も煙管も、浩一郎にとっては日常生活を送る上で必須と言える品なのだから。

(しかし、中々に良い品を作ってくれたものよ)

再び紫煙《しえん》を楽しむ浩一郎は、手に持った煙管を繁々《しげしげ》と眺《なが》める。

それは、火皿に雁首《がんくび》、そして吸い口には純銀を用いており、それらをつなぐ管の部分である羅宇は一般的な竹ではなく黒檀《こくたん》を用いた逸品《いっぴん》だ。

それらの材料だけでも、かなりの値打ち物だと言えるだろう。

それに加えて、パイプと同じく煙管には、職人の美意識が反映された味わいがある。

一種の芸術品と言って良い。

雁首に刻まれた龍《りゅう》の文様の生き生きとした姿も、浩一郎の好みと言える。

勿論、今回職人に造らせたこの煙管は、浩一郎が日本で使っていた最高級品と比べれば一段も二段も劣る作品ではあるだろう。

近年では、煙管を作ることの出来る職人の数はめっきりと減っているものの、江戸《えど》時代から受け継《つ》がれてきた歴史と伝統は、未だに日本という国に存在しているものだから。

やはり生産数が少なければ、職人の腕も上がり難いのは致し方ないと言えるだろう。

だが、それでも大地世界で初めて浩一郎が職人にあれこれ注文を付けて生み出された品だ。

愛着を持つのも当然だった。

(今度、ネルシオス殿にも煙管を勧めてみるか……今回頼んだ職人に頼めば、良い品を作って

くれるだろう）

それは、オタク趣味の人間が、自分のお気に入りのアニメを周囲に薦《すす》める様なもの。

年齢や人種、性別を問わず、趣味人という人種の行動は、根本的には変わらないらしい。

まさに、趣味の布教と言ったところだろうか。

ローゼリア王国での戦が終わり、ウォルテニア半島へと帰還《きかん》したネルシオスと浩一郎は、最近では共に酒を酌《く》み交わす仲になっている。

やはり、武人として肝胆《かんたん》相照らすものがあったのだろう。

そんな事を考えつつ、浩一郎は決済済みの箱に置かれた書類に手を伸ばす。

煙草を一服して気分もリラックスしたから、逆に自らの仕事ぶりが気になったのだろう。

そして、書類に書かれた直筆の署名にチラリと視線を向けると、深いため息を吐《つ》いた。

「しかし、亮真の奴も無茶《むちゃ》を言うものよ……確かにこの世界の人間に命じるのは難しいだろうが、素人の儂《わし》に都市開発の陣頭《じんとう》指揮や、後方支援《しえん》役として補給物資の調整管理を行えとは……まだ、軍を率いて敵国を攻め滅《ほろ》ぼせ《せ》と命じられる方がマシよなぁ」

そして、自らが処理した書類の山に手にした書類を戻《もど》しながら、浩一郎は軽く首を横に振る。

一つの国を攻め滅ぼして見せる方が書類仕事よりも楽とは、他人が聞けば随分と大言壮語《たいげんそうご》を口にする老人だと苦笑いを浮《う》かべるだろう。

或《あ》いは、痴呆《ちほう》老人の世迷言《よまいごと》と呆《あき》れ果てるかもしれない。

だが、この白髪を後ろで束ねた老人の過去と、その実績を聞けば、誰もが自らの浅慮《せんりょ》を恥《は》じ入り押し黙《だま》る羽目になる。

実際、御子柴浩一郎の戦歴に比肩する程《ほど》の将となると、大地世界全体を見回してもそうはいないだろう。

ローゼリア王国で対象者を探すとすれば、【ローゼリアの白き軍神】と謳《うた》われるエレナ・シュタイナーが辛《かろ》うじて比肩しうるかどうかと言ったところだろうか。

それはまさに、軍神や戦神という形容詞が相応しい存在。

そして、そんな浩一郎がセイリオスの街に設けられた領主の館の執務《しつむ》室《しつ》で、机に向かって書類仕事をこなしているというのは、確かに不自然ではあるのだ。

愚痴《ぐち》や不満が出たとしてもそれほど不思議ではないだろう。

ただ、それが浩一郎という男の本心なのかというと、そうとも言い切れないというのが、ややこしい話と言える。

先ほど零れた浩一郎の言葉に含まれているのは、不平不満というよりは身内に対してのボヤキと言った方が正しいだろうか。

本人的にも思うところがない訳ではない様だが、浩一郎の顔には最愛の孫に頼《たよ》られているという嬉《うれ》しさがどことなく滲み出ているというのが、人の心の摩訶不思議《まかふしぎ》な機微《きび》だろう。

また、それと同時に自らの仕事に対しても複雑な思いが有る。

それは、適切な処理をした自負がある一方で、自分の処理が完璧《かんぺき》ではないという相反する想《おも》いが浩一郎の心から拭《ぬぐ》い去れないからだろうか。

実際、本気で浩一郎がやりたくないと思っていれば、不満を言うなどという迂遠《うえん》な手段など取らない。

浩一郎が否と言えば、その意を翻《ひるがえ》させる事はほとんど不可能と言えるだろう。

場合によっては、刀を鞘《さや》から抜き放ってでも、自分の意思を押《お》し通すのが御子柴浩一郎という男の本質なのだから。

そして、御子柴浩一郎という男は、そんな我《わ》が儘《まま》を強引《ごういん》に押し通す事が出来るだけの力を持っている。

そんな強者に対して、その意を変えさせる事が出来るとすれば、それは誠意をもって説得する事くらいだろう。

(まぁ、亮真の言う様に、手の空いている人間で、儂の他に処理が出来そうな人間が見つからないというのも分かるが……な)

浩一郎もそれが分かっているからこそ、渋々《しぶしぶ》ながらも留守居役を引き受けたのだ。

実際、今の御子柴大公家に仕える家臣の多くは武人肌の人間が多い。

完全な脳筋集団とまでは言わないが、後方支援や御子柴大公領の開発などを行う事の出来る人間は極《きわ》めて限られているのが実状だ。

また、その限られた人材も手が空いている訳ではない。

例えば、御子柴大公家の家臣団の中で内政に長《た》けた人材と言うと、ザルツベルグ伯爵《はくしゃく》やその義弟《ぎてい》であるゼレーフ伯爵の二人の名前が真っ先に挙がるだろう。

二人共、領主としての経験が豊富であり、御子柴大公家では数少ない内政型の人材だ。

しかも、二人が正式に御子柴大公家に仕える事となったのは確かに最近の事ではあるが、御子柴亮真と彼等《かれ》との付き合いはかなり長いのだ。

ゲルハルト子爵《ししゃく》が起こした先の内乱の時からだから、リオネ達《たち》最古参の家臣とほとんど同じくらいの長さであり、亮真からの信用度も高い。

御子柴大公家の本拠地《ほんきょち》であるウォルテニア半島の開発を進めるにおいて、彼らほどの適任者は中々居ないだろう。

亮真はもとより、浩一郎としても二人に任せられるものなら任せてしまいたいと考えるのは当然の事だ。

(しかし、ザルツベルグ伯爵には併合《へいごう》したてのローゼリア北部一帯の掌握《しょうあく》を任せているし、ゼレーフ伯爵の方はローゼリア王国の貴族社会の動向を探《さぐ》る事で手一杯《ていっぱい》の状態だからな)

適性や経験を考えれば御子柴大公領全体の領地開発を二人のどちらかに任せるのが一番なのは分かっているが、正式に御子柴大公家の領土となって日が浅いローゼリア北部の管理には、家臣の中で最も領地経営に関して経験を持つザルツベルグ伯爵に任せるのが一番だろう。

また、ゼレーフ伯爵の方はというと、こちらはこちらでローゼリア王国の貴族達を監視《かんし》するという重要な仕事を任されている。

(何せ、未だに家門の命脈を保っているローゼリアの貴族は、シャーロット・ハルシオンを筆頭に皆《みな》かなりの曲者揃《くせものぞろ》い……今のところは亮真に忠誠を誓《ちか》っている様だが、それも一度形勢不

利となればどう動くか知れたものではない……機を見るに敏《びん》な人間には注意せんとな)

勿論、浩一郎もシャーロット達を裏切り者だと断じている訳ではない。

能力的には、男尊女卑《だんそんじょひ》の風潮が強いローゼリア王国の中で、女の身でありながらと陰口《かげぐち》を叩《たた》かれつつも、長年王宮内で勢力を維持《いじ》してきただけの事はあるし、今のところ彼女達《かのじょたち》の行動に不審《ふしん》な物は見受けられないのだから。

それにシャーロット達は貴族令嬢《れいじょう》として武術の嗜《たしな》み程度は身に付けているものの、到底武人とは言えないが、逆に内政や調略、後方支援や事務系の能力に長けた人材だ。

(まさに、御子柴大公家が今後発展していく上で、鍵《かぎ》となり得る人材と言えるだろう……少なくともそう判断した亮真の見解は正しい……しかし……問題が無い訳でもない)

シャーロット達を、現時点でマルフィスト姉妹やリオネ達と同様に信じられるかと問われれば、首を横に振るしかないのが実情だろう。

信用とは過去の実績の積み重ねから、将来の結果を予測する事に他ならないのだから。

逆に言えば、その基盤《きばん》となる過去の実績が無い以上、シャーロット達を現時点で無条件に信用するのは愚の骨頂でしかないのだから。

シャーロット達がローゼリア王国の貴族達を管理する一方で、その管理が適正になされているかを監視する人間が絶対に必要なのだ。

そして、貴族社会という特殊《とくしゅ》な階級社会の中で、適切な情報収集を行うには、伊賀崎《いがさき》衆の様な外部勢力の情報収集では足りない。

どうしても、貴族社会に属する人間からの情報が必要となってくる。

そうなると、御子柴大公家の家臣団の中で、適任者と言えば一人しか居ない。

幅広《はばひろ》い縁故《えんこ》と交流関係を持つゼレーフ伯爵に情報収集を頼むより他に選択肢は無いのだ。

こればかりは、如何《いか》に浩一郎が諜報《ちょうほう》能力に優《すぐ》れ豊富な経験をもっていたとしても、どうしようもない問題。

そういった事を考え合わせると、御子柴亮真が祖父である浩一郎に留守居役を任せたのは苦《く》渋《じゅう》の決断であると同時に、現時点における最善の選択《せんたく》と言えるだろう。

とは言え、現時点で最善であるからと言って、今後も今のままの状態で良いのかというと、そうとは言い切れないのもまた事実だ。

そして、その事実を現時点で最も良く理解しているのは、御子柴浩一郎その人だろう。

再び煙管の吸い口に口を付けると、浩一郎郎は軽く煙を吸い込み、ゆっくりと天井に向かって吐《は》き出す。

「まぁ、他に適任が見つからぬ以上、しばらく面倒《めんどう》を見るのは致し方ないが……素人《しろうと》の儂が何時《いつ》までも政務を取り仕切るというのは問題だな……今のところは何とかなったとしても、何《いず》れボロが出てくるのが目に見えておる……何しろ亮真の奴が好むと好まざるとに拘《かか》わらず、今後も御子柴大公領は拡大していくだろうから……な」

実際、浩一郎がセイリオスの街で政務に携《たずさ》わるのが適材適所と言えるかどうかは微妙《びみょう》なところだ。

現状取《と》り得《う》る選択肢の中で考えれば悪くない英断だと言えるのだが、浩一郎が保有する武力や部隊の指揮能力を考えれば、後方に配置するのはいささかもったいない気もするだろう。

それは例えるなら、どんな病をも癒《いや》す万能《ばんのう》の秘薬を、ただの風邪《かぜ》に使う様な物。

或いはミシュランの星を貰う様なシェフを、ファミレスのバイトに雇《やと》う様な状況とも言えるだろう。

勿論、何方《どちら》の場合も最終的に得られる結果としては悪くはない。

前者の場合は、間違《まちが》いなく風邪の症状《しょうじょう》が治まるだろうし、後者の場合は通常新人を雇った場合に必要な研修期間を大幅《おおはば》に短縮して即戦力《そくせんりょく》となってくれる事が目に見えているのだから。

だが、どちらの場合もそれぞれが保有する潜在《せんざい》能力や希少性を十全に生かしていたかと問われればそうとは言えない。

無駄《むだ》だと断じる程ではないだろうが、それはまさに本来の意味で役不足と言って良いだろう。

そしてそれは、御子柴浩一郎を戦地の最前線に立たせないという判断と同じだ。

何しろ、御子柴浩一郎という男は、武術の達人であると同時に、一軍を率いる将軍にもなれる人間という、現代人には似つかわしくない極めて稀有《けう》な存在。

それは、嘗てこの大地世界に召喚された結果、数多の戦場を潜《くぐ》り抜ける羽目になったという数奇な星の下に生まれたからだ。

また、組織に属していた際には、単独での要人暗殺に始まり、小規模部隊を率いてのゲリラ活動を指揮した事もあるし、数千もの兵を率いた経験もある。

そして、そのいずれの場合も勝利を勝ち取ってきた。

とは言え、その戦歴の全てを正確に把握《はあく》している人間は居ない。

恐らくそれは、当人である御子柴浩一郎に尋《たず》ねたところで変わらないだろう。

(如何《いかん》せん、現代社会と違って、大地世界における情報伝達の手段は極めて限られているからな)

有力商人や貴族階級の人間であれば、特殊な訓練を施《ほどこ》した鳥に文を持たせて飛ばすという選択肢もあるが、基本的には人の手で情報を運ぶしかない。

だが、それには危険が付き纏う。

何しろ街の外には怪物達《かいぶつたち》が徘徊《はいかい》し、野盗《やとう》が旅人を狙っている様な治安の悪い世界だ。

勿論、王都近郊《きんこう》や有力な領主の本拠地周辺であれば、定期的に騎士《きし》が巡回《じゅんかい》するので、ある程度は安全ではあるのだが、それもごく一部の限られた地域での話。

基本的に、大地世界では街から隣の街へ手紙を送るだけでも一苦労なのだ。

(例外があるとすれば、西方大陸の大地を縦横無尽《じゅうおうむじん》に走る龍脈を利用した法術を使って連絡《れんらく》を取り合うくらいだろうが、これもインターネットの様な通信量さえ支払《しはら》えば何時でも誰でも利用出来ると言った利便性とは無縁の代物《しろもの》だ)

高位の術者でも、まかり間違うと自分の意識が龍脈の流れに飲み込まれて雲散霧消《うんさんむしょう》してしまい、廃人《はいじん》か死のどちらかともなれば、易々《やすやす》と日常的に使うのは難しいだろう。

そんな情報伝達手段の限られた世界では、数千人規模の戦ならばともかく、数十人規模で行われた小競《こぜ》り合いや後方かく乱を目的としたゲリラ戦などを一つ一つ挙げていてはキリがないのだ。

そういったこの大地世界特有の事情もあって、正確な数など浩一郎自身も把握していない。

だが、恐らくその勝ち星が百を下回る事だけは決して無いだろう。

そういう意味からすれば、小規模戦闘《せんとう》の指揮は疎《おろ》か、大規模戦闘の指揮の両方に長けた万能《ばんのう》型《がた》の指揮官と言える。

だが、そんな万能型の将と言える御子柴浩一郎ではあるが、流石《さすが》に政治家や官僚《かんりょう》としての経験はない。

また、物資を調達して前線へと送る後方支援や軍事務などの経験も皆無《かいむ》だ。

浩一郎程《ほど》の武力と指揮能力を持つ人間に、後方支援の書類仕事を任せるのは、あまりにもったいないと当時の組織を治めていた長老達も考えたのだろう。

とは言え、それでも何の知識もない大地世界の人間に比べれば、まだ何となくでも対応が出来てはいる。

食料などの確保はシモーヌ・クリストフ率いるクリストフ商会を中心とした、ローゼリア王国北部の商会連合が一手に供給しているし、武具や医薬品はウォルテニア半島に暮らす黒エルフ族の職人や付与《ふよ》法術師の手によって作製されている為、こちらの方も供給自体に問題は無いのだ。

大切なのは、全体を俯瞰《ふかん》し必要に応じて前線への物資の供給を途絶《とだ》えさせない事であり、それを認識しているかどうかという点だろう。

（まぁ、そこさえ分かっていれば、何とか出来なくもないからな）

それに、御子柴浩一郎にそういった後方支援や裏方の仕事に適性や才能がない訳ではないのだ。

問題となるのは、あくまでも実務経験と、浩一郎自身の意欲といった所だろう。

（短期での潜入《せんにゅう》任務ならば経験が有るのだが……な）

だがそれは、情報収集ではなく暗殺と破壊《はかい》工作が目的の任務。

その任務の一環《いっかん》で、一時的にエルネスグーラ王国の兵士として雇用《こよう》された事があるというだけの話だ。

敵地への潜入は同じだが目的は全く違う。

それに、浩一郎はあくまでも一兵卒としての入隊。

当然、そんな新兵に書類仕事など回って来る筈《はず》もない。

（須藤秋武《すどうあきたけ》の様に国の要人と密接な関係を維持しつつ、謀略《ぼうりゃく》を仕掛《しか》けるというのは、極めて例外的な話……相当に危険だし、何より個人の技量や資質が大きく影響《えいきょう》してしまうから……な）

大地世界に召喚された地球人が浩一郎の様に荒事《あらごと》に慣れていたり、諜報活動に慣れていたりするとは限らないのだ。

いや、慣れている人間の方が稀有だと言える。

大半は一般人であり、人殺しは疎か、自分の手で家畜《かちく》を処理した事すらない様な人間ばかりなのだ。

（まぁ、例外があるとすれば、服従の呪印に支配された地球人を組織が秘密裏《ひみつり》に解呪して、埋伏《まいふく》として用いる場合くらいのものだろうな）

勿論、中には実際に諜報活動に従事した経験を持つ人間もいるし、才能や性格的に、そういった裏の仕事に向いている人材というのも存在しない訳ではない。

大地世界への召喚が、全地球人を対象にしている以上、それは当然の事だろう。

ただ、そういった特殊な人間が召喚される可能性が低いのも確かだ。

それに、正直に言って敵地へ潜入して情報収集や諜報活動を行うのはかなり危険な仕事と言える。

それは、敵地で偽《いつわ》りの身分を笠に姿を周囲に曝《さら》した形で行う情報収集である為、忍術《にんじゅつ》で言うと陽術に当たるだろう。

勿論、一般人が忍者《にんじゃ》と聞いて思《おも》い浮かべる忍《しの》び装束《しょうぞく》姿で敵地へ潜入する陰術《いんじゅつ》に比べれば、まだ危険度は低いと言えるのだが、それでも危険が全くない訳ではない。

いや、どちらかと言えば情報収集活動は敵に正体がばれた段階で、高い確率で死ぬか拷問《ごうもん》を受ける羽目になるので、言い方が悪いが諜報活動を行う人間は一種の捨て駒《ごま》に近いというのが正直なところだ。

（とは言え、誰《だれ》かが担わなければならない仕事……だがね）

問題となるのは、そんな危険な仕事を浩一郎の様な手練《てだ》れが、自ら担う必要性が有るのかという点だろうか。

何しろ、浩一郎は大地世界でも数少ない人間の限界を極めた到達者《とうたつ》を超《こ》えた先である、超越者《ちようえつしや》の領域にまで足を踏《ふ》み入れた猛者なのだ。

そんな人材を現場の最前線ではなく、後方支援や諜報活動に用いるのは、牛刀を用いて鶏《にわとり》を割《さ》くのに等しいと言える。

まさしく人材の浪費《ろうひ》だ。

そういった理由もあり、浩一郎自身は後方支援などの事務仕事の類を経験した事が無いのだ。

とは言え、今の御子柴大公国の置かれた状況《じようきよう》を鑑《かんが》みれば、浩一郎の個人的心情を考慮したりする余裕《よゆう》が無いのもまた事実だ。

それに、他に手頃《てごろ》な包丁が無いのであれば牛刀で鳥を割く事もやむを得ないだろうし、必要なら魚だって野菜だって切るしかないのだから。

(昔は、こういった仕事は全部、仲健の奴に任せるというのが相場だったが……アイツは人を使うのが殊の外上手《うま》かったからな)

現在、組織の長老として西方大陸西南の都市であるレンテンシアの街を拠点に活動している劉大人こと劉仲健は、当時から浩一郎に比肩しうる武人として組織の中では一目も二目も置かれる存在だったが、その一方で前線へ運ぶ物資の調達や、組織の活動資金を集めるといった後方支援の実績も積み重ねてきた。

また、諜報活動にも長けており、劉大人の援護《えんご》が無ければ浩一郎が積み上げた勝利の半分くらいは、痛み分けに終わっていた可能性も有るくらいだ。

それは、劉大人の実家が裕福な商家であり、中国福建省泉州市で貿易商を営んでいたという事実と決して無関係ではないだろう。

商人と言う存在程、人同士の繋《つな》がりを意識し、金という力を理解する人種も居ないのだから。

ただ、家庭環境《かんきょう》が人格や能力に大きな影響を及《およ》ぼす一方で、本人の性格や気質といった物も無視は出来ない。

とは言え、それは若かりし日の浩一郎が避けて通った道である事だけは確かだろう。

そして、齢《よわい》八十を超えた今になって、その避けた筈のツケが思わぬ形で巡《めぐ》って来ただけの事。

(まぁ、今更《いまさら》言っても詮無《せんな》き事ではあるが、こんな事になるなら、もう少し組織の運営に携わるべきだったか？　仲健や久世《くぜ》に聞けば、幾らでも教えてくれただろうに……)

とは言えそれは、今更どうしようもない老人の繰り言。

如何に浩一郎が人の枠《わく》を超えた超越者であろうとも、時の流れを逆転させる事など出来ないのだから。

(儂も随分と甘《あま》くなったものよ……いや、単に老いただけか……)

そんな事を考えつつ、浩一郎は手にした煙管を軽く吸って煙草を吸いきると、雁首を灰入れの縁《ふち》に軽く叩きつけて火皿の灰を捨てた。

そして、軽く吸い口から息を吹《ふ》き入れて中の灰を飛ばすと、壁に掛けられた時計の針の位置を確かめる。

既《す》に時計の針は十三時五十五分を過ぎようとしていた。

(今日は十四時より三階の会議室で、ネルシオス殿との会談だったな……昼食はその後……だな。仕方がないか)

御子柴大公家にとって、ウォルテニア半島に暮らす亜《あ》人種《じんしゅ》は重要な存在。

その中でも、黒エルフ族は御小柴大公家の隆興《りゅうこう》を握《にぎ》る鍵と言っていいだろう。

そんな黒エルフ族の長であるネルシオスとの会談は、書類仕事に並んで浩一郎の重要な仕事だ。

そして、その仕事は当然の事ながら浩一郎が昼食を食べる事よりも優先される。

早朝より仕事をしていた浩一郎は、空腹を抱《かか》えながら会談に赴《おもむ》くより他に仕方がない。

とは言え、煙草を一服するのを諦《あきら》めれば、サンドイッチくらいは口に出来たのだから、これは浩一郎の自業自得《じごうじとく》というより他に言い様はないだろう。

(事務処理関係だけでも、誰か仕事を任せられる人間を見つけないと……な)

それは現時点では叶《かな》わぬ想いであり、あり得ない希望。

そして、近い将来に改善される見込《みこ》みも薄《うす》い。

有能で信頼《しんらい》出来る人材など、突然《とつぜん》天から降ってくる訳も無いのだから。

だが、やはり拭いきれない想いであり、捨てきれない希望でもあるのだ。

(まぁ、未練だ……な)

そんな事を思いながら、浩一郎は深いため息を吐いた。

そして、煙草盆を引き出しの中に戻すと、浩一郎は椅子《いす》から立ち上がり執務室を後にする。

だが数日後、浩一郎の下に齎《もたら》された一つの報告が全てを変える。

北方大陸へと交易に出ていたクリストフ商会の貿易船団が、一隻《せき》の海賊船《かいぞくせん》を鹵獲《ろかく》したのだ。

そしてその船に奴隷《どれい》として鎖《くさり》につながれていた一人の人物の手に依《よ》って、御子柴大公家の命運は新たなる節目を迎《むか》える事になるのだった。

あとがき

殆どいないとは思いますが、今回初めてウォルテニア戦記を手に取ってくださった皆様はじめまして。

一巻目からご購入いただいている読者の方々、五ヶ月ぶりです。

作者の保利亮太と申します。

色々と想定外の事が起こりましたが、無事に二十六巻目をお届けする事が出来ました。

本当に、無事に出せて良かった……この後書きを書きながら、私は心から安堵しております。

まぁそれなりに長い作家人生ですので、そう言う事も有るかなぁっと、個人的には思っておりますが、新刊の発売を待ってくださっていた読者の皆様には申し訳ない気持ちでいっぱいでございます。

最後に本作品を出版するに際してご助力いただいた関係各位、そしてこの本を手に取ってくださった読者の皆様へ最大限の感謝を。

引き続き頑張りますので、今後もウォルテニア戦記をよろしくお願いいたします。

著／保利亮太
イラスト／bob
ローゼリア王国を
手に入れた
御子柴亮真の
躍進は続く――。
2024年春発売予定！

コミック版も好評連載中！
漫画：八木ゆかり
原作：保利亮太
キャラクター原案：bob
コミックス
①～⑩巻発売中!!
ファイアクロス公式サイト
firecross.jp
ウォルテニア戦記XXVII

HJ NOVELS
HJN09-26

ウォルテニア戦記XXVI

2023年12月19日　初版発行

著者――保利亮太

発行者―松下大介
発行所―株式会社ホビージャパン
〒151-0053
東京都渋谷区代々木2-15-8
電話　03(5304)7604（編集）
　　　03(5304)9112（営業）

印刷所――大日本印刷株式会社

装丁――杉本臣希／株式会社エストール

Printed in Japan

ISBN978-4-7986-3347-3　C0076